Knaus

K

TRACY
CHEVALIER

DER NEUE

Roman

Aus dem Englischen von
Sabine Schwenk

Knaus

Die Originalausgabe erschien 2017 unter dem Titel »New Boy« bei
Hogarth, einem Imprint der Penguin Random House Group, London

Der Roman ist Teil der Reihe

HOGARTH
SHAKESPEARE
BEI KNAUS

MIX
Papier aus verantwortungsvollen Quellen
FSC® C014496

Verlagsgruppe Random House FSC® N001967

1. Auflage

Umschlag: Sabine Kwauka
Umschlagabbildung: Krasimira Petrova Shishkova/Trevillon Images sowie
Verwendung von shutterstock-Motiven
Satz: Vornehm Mediengestaltung GmbH, München
Druck und Bindung: GGP Media GmbH, Pößneck
Printed in Germany
ISBN 978-3-8135-0671-6

www.knaus-verlag.de

EINS

Vor der Schule

Götterspeise, Kinderbier,
Wer ist dein Liebster, sag es mir!

Dee sah ihn als Erste und war glücklich darüber. Es gab ihr das Gefühl, etwas Besonderes zu sein: ihn ein paar Sekunden lang ganz für sich zu haben, bis auch die Herzen der anderen einen Schlag aussetzten und sich an diesem Tag nicht mehr davon erholten.

Auf dem Schulhof war vor dem Unterricht einiges los. Viele Kinder waren früh gekommen, um vor dem Klingeln noch Himmel und Hölle oder Kickball zu spielen. Dee war allerdings nicht früh dran – ihre Mutter hatte sie wieder hochgeschickt. Sie sollte sich ein weniger enges Oberteil anziehen, weil sie sich angeblich mit Eigelb bekleckert hatte, dabei war von Eigelb nichts zu sehen. Deshalb hatte Dee so schnell rennen müssen, dass ihr die geflochtenen Zöpfe gegen den Rücken schlugen. Erst, als sie den Strom von Kindern sah, die in dieselbe Richtung gingen, wusste sie, dass sie noch genug Zeit hatte. Eine Minute vor dem ersten Klingeln hatte sie den Schulhof erreicht.

Weil es zu spät war, um ihre beste Freundin Mimi zu begrüßen, die mit den anderen Mädchen seilsprang, ging Dee gleich weiter zum Eingang des Schulgebäudes. Mr Brabant und die Lehrerin der anderen sechsten Klasse warteten schon darauf, dass die Schüler sich aufstellten. Dank seines kurzen, kantigen Haarschnitts hatte Mr Brabant einen quadratischen Kopf und dazu eine stramme Haltung. Anscheinend hatte er in Vietnam gekämpft. Dee war zwar nicht die Klassenbeste – das durfte die brave Patty für sich beanspruchen –, doch sie gab sich Mühe, Mr Brabant jederzeit zu gefallen, auch wenn sie wusste, dass sie deshalb hin und wieder als Streberin galt.

Dee war die Erste, die sich aufstellte. Sie drehte sich zu den Mädchen um, die gar nicht daran dachten, mit dem Seilspringen aufzuhören. Und in diesem Moment sah sie ihn, seine reglose Gestalt am Karussell, auf dem sich vier Jungen – Ian, Rod und zwei Viertklässler – rasant im Kreis drehten. Dee war sich sicher, dass jeden Moment einer der Lehrer einschreiten würde. Einmal war ein Junge herausgeschleudert worden und hatte sich den Arm gebrochen. Die beiden Viertklässler schienen Angst zu haben, konnten das Karussell aber nicht stoppen, weil Ian es mit routinierten Fußtritten kräftig antrieb.

Der Junge, der in der Nähe des wild kreiselnden Karussells stand, war nicht so gekleidet wie die anderen in ihren Jeans, T-Shirts und Turnschuhen. Er trug eine graue Schlaghose, ein weißes, kurzärmeliges Hemd und dazu schwarze Schuhe; wie die Uniform einer Privatschule. Mehr noch stach aber seine Hautfarbe hervor: Sie erinnerte Dee an die Bären, die sie vor einigen Monaten bei einem Schulausflug im Zoo gesehen hatte. Sie hießen zwar Schwarzbären, doch ihr Fell war eigentlich dunkelbraun mit rötlichen Spitzen. In erster Linie hatten sie geschlafen oder die Futterberge beschnüffelt, die ihnen der Wärter ins Gehege kippte. Erst, als Rod einen Stock nach den Tieren warf, um Dee damit zu imponieren, hatte ein Bär gebrummt und die gelben Zähne gefletscht, worauf die Kinder anfingen zu kreischen. Nicht so Dee: Sie hatte Rod nur einen wütenden Blick zugeworfen und sich abgewandt.

Der Neue schaute nicht zum Karussell, sondern betrachtete das L-förmige Gebäude, Prototyp einer vorstädtischen Schule, vor acht Jahren erbaut, zwei fantasielos aneinandergeklebte Schuhkartons aus rotem Backstein. In Dees erstem Jahr roch hier noch alles nach Neubau, doch inzwischen hatte das Gebäude etwas von einem abgetragenen Kleid, mit seinen Flecken, Rissen und den Spuren des ausgelassenen Saums. Sie kannte jedes Klassenzimmer, jeden Treppenaufgang, jedes Geländer, jede Toilette. Sie kannte jeden Quadratzentimeter Schulhof wie auch den Schulhof der Kleinen auf der anderen

Seite des Gebäudes. Sie war von den Schaukeln gefallen, hatte sich auf der Rutsche die Strumpfhose zerrissen, hatte oben auf dem Klettergerüst festgesessen, weil die Angst vor dem Herunterklettern plötzlich zu groß war. Und einmal hatte sie den halben Schulhof zur Mädchenzone erklärt: Gemeinsam mit Mimi, Blanca und Jennifer hatte sie alle Jungen davongejagt, die es wagten, die Grenze zu überschreiten. Mit anderen hatte sie sich hinter der Turnhalle versteckt, wo die Pausenaufsicht sie nicht sehen konnte, um dort Lippenstift auszuprobieren, Comics zu lesen oder Flaschendrehen zu spielen. Auf dem Schulhof hatte sich ihr Leben abgespielt, hier hatte sie gelacht und geweint, sich verknallt, Freundschaften geschlossen und sich nur wenige Feinde gemacht. Dies war ihre vertraute Welt. Doch in einem Monat würde sie alles hinter sich lassen und auf die Junior High gehen.

Und nun hatte ein Neuer das Terrain betreten, jemand, der so anders war, dass auch Dee ihre Welt plötzlich mit anderen Augen sah: Auf einmal kam sie ihr schäbig vor, und sie fühlte sich fremd darin. So fremd wie er.

Inzwischen hatte er sich in Bewegung gesetzt. Nicht wie ein Bär, nicht dieser tapsige, schwerfällige Gang. Eher wie ein Wolf oder – Dee versuchte, an dunkle Tiere zu denken – wie ein Panther oder eine schwarze, überdimensionale Hauskatze. Was auch immer er in diesem Moment dachte (wahrscheinlich, dass er auf einem von weißen Menschen wimmelnden Schulhof der einzige Schwarze und der einzige Neue war), als er auf die an der Tür zum Schulgebäude wartenden Lehrer zuschlenderte, strahlte er das Selbstbewusstsein eines Menschen aus, der seinen Körper kennt und sich darin wohlfühlt. Dee spürte ein Ziehen in der Brust. Sie holte Luft.

»Oha«, bemerkte Mr Brabant. »Mir ist so, als hörte ich Trommeln.«

Miss Lode, die andere Lehrerin, kicherte. »Was hat Mrs Duke gesagt, wo kommt er her?«

»Guinea, glaube ich. Oder war's Nigeria? Jedenfalls Afrika.«

»Er ist doch in Ihrer Klasse, nicht wahr? Ist mir auch lieber so.« Miss Lode strich ihren Rock glatt und betastete ihre Ohrringe, als müsste sie sich vergewissern, dass sie noch da waren. Eine nervöse Angewohnheit. Bis auf ihren blonden, zerzausten Bubikopf pflegte sie ein adrettes Äußeres. Heute trug sie einen lindgrünen Rock, eine gelbe Bluse und grüne, scheibenförmige Ohrclips. Auch ihre Schuhe waren grün, mit niedrigen viereckigen Absätzen. Dee und ihre Freundinnen ließen sich oft über Miss Lodes Garderobe aus. Sie war zwar eine sehr junge Lehrerin, doch ihre Kleidung unterschied sich komplett von den weißen und rosa T-Shirts und den blumenbestickten Jeans-Schlaghosen ihrer Schülerinnen.

Mr Brabant zuckte die Achseln. »Ich rechne nicht mit Problemen.«

»Nein, natürlich nicht.« Miss Lode hielt ihre großen blauen Augen fest auf den Kollegen gerichtet, um jedes seiner klugen Worte aufzusaugen und so eine bessere Lehrerin zu werden. »Meinen Sie, wir sollten … also … vielleicht … mit den anderen Schülern sprechen? Darüber … ich weiß auch nicht … dass er *anders* ist? Sie ermuntern, ihn freundlich aufzunehmen?«

Mr Brabant schnaubte. »Jetzt ziehen Sie mal Ihre Samthandschuhe aus, Diane. Der braucht keine Sonderbehandlung, bloß weil er schw… neu hier ist.«

»Nein, aber … ich dachte nur … Ja, natürlich.« Miss Lodes Augen glänzten feucht. Mimi hatte Dee erzählt, dass ihre Lehrerin schon ein oder zwei Mal vor der Klasse in Tränen ausgebrochen war. Hinter ihrem Rücken bezeichneten die Schüler Miss Lode als Heulsuse.

Mr Brabants Blick blieb plötzlich an Dee hängen, die vor ihm wartete. »Geh mal rüber und trommel die Mädchen zusammen.« Er deutete auf die Seilspringerinnen. »Sag ihnen, dass ich ihnen die Seile wegnehme, wenn sie nicht sofort aufhören.«

Als einer der wenigen Männer im Kollegium war er für Dee

ganz eindeutig jemand, dem man zu gehorchen hatte und den man, wenn es irgendwie ging, zu beeindrucken versuchte – genauso wie ihren Vater, dem sie es gern recht machte, wenn er von der Arbeit nach Hause kam.

Rasch ging sie über den Schulhof; die hüpfenden Mädchen bevorzugten die sportlichere Variante und benutzten zwei dicke Springseile gleichzeitig, die mit einem satten Geräusch auf den Betonboden schlugen; dazu sangen sie. Dee zögerte, weil Blanca gerade mit Springen an der Reihe war. Blanca war mit Abstand die beste Springerin der Schule, sie war so gut, dass sie minutenlang zwischen den beiden gegenläufig rotierenden Seilen hüpfen konnte, ohne einen Fehler zu machen. Bei ihr sangen die Mädchen am liebsten Lieder, die möglichst schnell darauf hinausliefen, dass Blanca eine andere Springerin zu sich rufen oder das Feld räumen musste. Während Blanca natürlich am liebsten so lange wie möglich und am allerliebsten allein sprang; an diesem Morgen hatte sie die anderen dazu gebracht, hierfür das passende Lied zu singen:

Götterspeise, Kinderbier,
Wer ist dein Liebster, sag es mir!
Ist es A, B, C, D …

Wenn die Springerin das ganze Alphabet schaffte, ohne hängen zu bleiben, ging es weiter mit den Zahlen bis zwanzig, dann kamen die Lieblingsfarben. Blanca war bereits bei den Farben angelangt und mit ihren langen, schwarzen Locken wunderbar leichtfüßig, obwohl sie Plateausandalen trug. Dee konnte in solchen Schuhen nicht springen; sie trug lieber ihre weißen Chucks, die sie so sauber wie möglich hielt.

Sie ging zu Mimi, die auf einer Seite die Seile drehte.

»Wir sind jetzt schon zum zweiten Mal bei den Farben«, murrte die Freundin leise. »Angeberin.«

»Mr B sagt, er nimmt euch die Seile weg, wenn ihr nicht sofort aufhört.«

»Gut.« Abrupt ließ Mimi die Arme sinken, und schon hingen ihre Seile schlaff auf den Boden, während das andere Mädchen noch ein paar Sekunden weitermachte. Blanca verhedderte sich.

»Warum hörst du einfach auf?«, protestierte sie. »Ich hätte stolpern können! Außerdem wollte ich bis zum Alphabet weitermachen, damit ich bei C aufhören kann!«

Dee und Mimi verdrehten die Augen und begannen, die Seile aufzuwickeln. Blanca war verrückt nach Casper, dem beliebtesten Jungen der beiden sechsten Klassen, und es schien durchaus auf Gegenseitigkeit zu beruhen, auch wenn die beiden fortwährend miteinander Schluss machten.

Dee konnte Casper gut leiden, schon immer. Mehr noch: Die beiden verband das Wissen, dass sie es leichter hatten als viele andere, dass sie weniger dafür tun mussten, Freunde zu finden und respektiert zu werden. Im letzten Jahr hatte Dee sogar kurzzeitig darüber nachgedacht, ob sie eigentlich für Casper schwärmte oder vielleicht sogar mit ihm gehen wollte. Casper hatte ein offenes, nettes Gesicht und leuchtend blaue, freundliche Augen. Es wäre ziemlich normal gewesen, solche Gefühle für ihn zu haben, doch Dee hatte sie nicht. Er war eher so etwas wie ein Bruder für sie; sie hatten ähnliche Interessen und schauten beide nach vorn, anstatt sich gegenseitig tief in die Augen zu blicken. Es ergab mehr Sinn, dass Casper mit einem chaotischen, energiegeladenen Mädchen wie Blanca zusammen war.

»Oh, mein Gott, wer ist denn *das*?« Blanca, die im Unterricht wenig sagte, war auf dem Schulhof umso lauter.

Dee wusste sofort, dass Blanca den Neuen entdeckt hatte. »Er ist aus Nigeria«, sagte sie in beiläufigem Ton, während sie weiter das Seil aufwickelte.

»Woher weißt du das«, fragte Mimi.

»Haben die Lehrer gesagt.«

»Ein schwarzer Junge an unserer Schule – ich fasse es nicht!«

»Pssst ...« Dee hatte Sorge, dass der Junge sie hören konnte.

Die Seite unter dem Arm ging sie mit Mimi und Blanca auf die Schülerreihen zu. Die Springseile wurden in Mr Brabants Klassenzimmer aufbewahrt, und Dee trug die Verantwortung dafür, worauf Blanca neidisch war wie auch auf ihre Freundschaft zu Mimi; das wusste Dee.

»Die ist doch total komisch, was magst du eigentlich an der?«, hatte Blanca einmal gesagt.

»Mimi ist nicht komisch«, hatte Dee ihre Freundin verteidigt. »Sie ist … sensibel. Sie spürt viel.«

Blanca hatte achselzuckend begonnen, »Crocodile Rock« zu singen, und das Gespräch damit für beendet erklärt. Dreiecksgeschichten waren ein heikles Geschäft: Eine fühlte sich immer ausgeschlossen.

Offenbar hatte ein Lehrer dem Neuen gesagt, wo er hingehen sollte, denn er stand nun allein am Ende der Zweierreihe, die sich inzwischen vor Mr Brabant gebildet hatte. Blanca blieb so abrupt stehen, als wäre sie vor etwas Unsichtbarem zurückgeprallt. »Was machen wir denn jetzt?«

Dee zögerte, doch dann ging sie zügig weiter und stellte sich einfach hinter den Jungen. Blanca folgte ihr. »Ich glaub's nicht! Der ist in unserer Klasse!«, flüsterte sie übertrieben laut. »Wetten, du traust dich nicht, den anzufassen.«

»Halt den Mund!«, zischte Dee in der Hoffnung, dass er es nicht gehört hatte. Sie betrachtete ihn von hinten. Der Neue hatte einen wohlgeformten Kopf, so glatt und ebenmäßig wie auf einer Töpferscheibe gedreht. Gern hätte sie ihn berührt. Sein kurz geschnittenes Haar war wie ein Blätterdach, das sich flach an die Hänge eines Bergs schmiegte, ganz anders als die kugelrunden Afro-Frisuren, die im Moment so beliebt waren. Nicht, dass es hier bei ihnen Afros gegeben hätte. In Dees Schule gab es keine schwarzen Schüler und in ihrem Vorort keine schwarzen Einwohner, obwohl 1974 so viele Schwarze in Washington lebten, dass die Stadt den Spitznamen Chocolate City hatte. Aber wenn Dee mit ihrer Familie ins Zentrum fuhr, sah sie manchmal schwarze Männer und Frauen mit riesigen aufgeplusterten Afros – oder im Fernsehen, in der Sendung *Soul Train*, die sie hin und wieder bei Mimi schauen konnte und bei der sie dann mit ihrer Freundin vor dem Fernseher zu *Earth, Wind and Fire* oder den *Jackson Five* tanzte. Zu Hause sah sie die Sendung nie: Ihre Mutter erlaubte ihr nicht, sich im Fernsehen singende, tanzende Schwarze anzusehen. Dee schwärmte für Jermaine Jackson, wobei ihr an ihm weniger der Afro als das schlitzohrige Grinsen gefiel. Ihre Freundinnen mochten den jüngeren Michael lieber, doch das fand Dee zu naheliegend. Als würde man sich in den süßesten Jungen der Schule verknallen, Stichwort Casper. Blanca wollte immer das Naheliegende.

»Dee, du wirst dich heute um unseren neuen Schüler kümmern.« Mr Brabant hatte ihr ein Zeichen gegeben. »Zeig ihm die Kantine, den Musikraum, die Toilette. Und erklär ihm, was er im Unterricht nicht versteht. In Ordnung?«

Blanca schnappte nach Luft und stupste Dee an, die rot geworden war und nickte. Warum hatte Mr Brabant ausgerechnet sie ausgewählt? Sollte das irgendeine Form von Strafe sein? Aber Dee musste nicht bestraft werden, nie. Dafür sorgte ihre Mutter.

Um sie herum wurde geflüstert und gekichert.

»Wo kommt *der* denn her?«

»Aus dem Dschungel!«

»Ouu-ouu-ouu … Autsch, das hat wehgetan!«

»Stell dich nicht so an.«

»Arme Dee, jetzt muss die sich um den kümmern!«

»Warum denn Dee? Das müsste doch eigentlich ein Junge machen.«

»Vielleicht wäre ja von den Jungs keiner dazu bereit. Ich würde es zum Beispiel nicht machen.«

»Ich auch nicht!«

»Genau, aber Dee ist ja auch der Liebling von Mr B. Der weiß, dass sie nie im Leben Nein sagen würde.«

»Schlaumeier.«

»Moment mal – heißt das, der gehört zu unserer Tischgruppe?«

»Haha! Armer Duncan, hat den Neuen an der Backe! Und Patty auch!«

»Ich setze mich um!«

»Darfst du nicht.«

»Tue ich aber.«

»Träum weiter, Mann.«

Der Neue blickte sich um. Seine Miene war weder argwöhnisch noch verhalten, sondern freundlich, offen. Damit hatte Dee nicht gerechnet. Seine Augen glänzten wie zwei schwarze Münzen, als er sie neugierig ansah. Er zog die Brauen hoch, was die Augen noch größer machte, und Dee durchfuhr ein Gefühl, das sie an die Mutprobe mit dem elektrischen Zaun erinnerte.

Sie sagte nichts, nickte ihm nur kurz zu. Er erwiderte ihr Nicken, dann drehte er sich wieder um. Stumm und verlegen standen sie hintereinander. Dee schaute sich um; sie wollte wissen, ob sie noch beobachtet wurde. Alle beobachteten sie. Sie lenkte ihren Blick auf ein Haus gegenüber der Schule – zufälligerweise Caspers Elternhaus – und hoffte, den anderen damit zu signalisieren, dass sie über wichtige Dinge draußen in der Welt nachdachte und nicht über diesen Jungen vor ihr, der irgendwie elektrisch aufgeladen zu sein schien.

Dann bemerkte sie die schwarze Frau, die auf der anderen Seite des Zauns vor dem Schulhof stand, die Finger der rechten Hand im Maschendraht eingehakt. Sie war zierlich und hatte ein rot-gelb gemustertes Tuch um den Kopf geschlungen wie einen hohen Turban, der sie größer wirken ließ. Ihr langes Kleid war aus dem gleichen bunten Stoff. Darüber trug sie einen grauen Wintermantel, obwohl es Anfang Mai war und schon warm. Sie beobachtete ihren Sohn und Dee.

»Meine Mutter denkt immer, ich kann das nicht: der Neue sein.«

Überrascht, dass sich der Junge noch einmal umgedreht

hatte, sah Dee ihn an. An seiner Stelle hätte sie kein Wort gesagt. »Warst du denn schon mal der Neue?«

»Ja. Drei Mal in sechs Jahren. Das ist jetzt meine vierte Schule.«

Dee hatte ihr Leben lang im selben Haus gewohnt, dieselbe Schule besucht, dieselben Freunde gehabt; sie war es gewohnt, dass alles, was sie tat, mit einem angenehmen Gefühl der Vertrautheit einherging. Sie konnte sich gar nicht vorstellen, irgendwo die Neue zu sein, inmitten von Fremden – wobei sie ja auf der Junior High nur noch ein Viertel ihrer Mitschüler kennen würde. Inzwischen hatte Dee ihre alte Schule zwar innerlich schon ein gutes Stück hinter sich gelassen und war bereit für den Wechsel, doch die Vorstellung, plötzlich so viele unbekannte Menschen um sich zu haben, bereitete ihr nach wie vor Bauchschmerzen.

Von der anderen Sechstklässler-Reihe aus verfolgte Mimi das Geschehen mit großen Augen. Bisher waren die beiden Mädchen fast immer in einer Klasse gewesen, und es schmerzte Dee, dass sie in ihrem letzten Jahr unterschiedlichen Lehrern zugeteilt worden waren. Nun konnte sie nur noch in den Pausen mit ihrer besten Freundin zusammen sein. Eine weitere Folge war, dass Blanca, die in derselben Klasse wie Dee gelandet war, ziemlich penetrant ihre Nähe suchte, so auch jetzt: Sie klebte buchstäblich an Dee und starrte dabei den Neuen an. Blanca hatte es sehr mit körperlicher Nähe, fiel anderen oft um den Hals, spielte mit den Haaren ihrer Freundinnen, und bei Jungen, die sie mochte, kam es vor, dass sie genauso an ihnen klebte wie jetzt an Dee.

Dee schüttelte sie ab, um sich besser auf den schwarzen Jungen konzentrieren zu können. »Bist du aus Nigeria?« Sie brannte darauf, ihm zu zeigen, dass sie schon ein bisschen über ihn Bescheid wusste. Du hast vielleicht eine andere Hautfarbe, dachte sie, aber ich kenne dich.

Der Junge schüttelte den Kopf. »Ich komme aus Ghana.«

»Oh.« Dee hatte keine Ahnung, wo Ghana war, nur dass es

in Afrika sein musste. Die Antwort des Jungen hatte immer noch freundlich geklungen, aber ein Schatten hatte sich über sein Gesicht gelegt, und er wirkte nicht mehr ganz so offen. Dee war entschlossen, ihm zu beweisen, dass ihr die afrikanische Kultur nicht völlig fremd war. Sie deutete mit einem Nicken auf die Frau am Zaun. »Trägt deine Mom ein Dashiki?« Sie kannte das Wort, weil sie zu Weihnachten von ihrer Hippie-Tante eine Hose mit einem Dashiki-Muster bekommen hatte. Um ihr eine Freude zu machen, hatte Dee die Hose beim Weihnachtsessen angezogen und nicht nur die missbilligenden Blicke ihrer Mutter ertragen müssen, sondern auch die Hänseleien ihres älteren Bruders: Warum sie denn eine Tischdecke angezogen habe, wo doch schon eine auf dem Tisch lag? Anschließend hatte sie die Hose in den hintersten Winkel ihres Schranks verbannt und seitdem keines Blickes mehr gewürdigt.

»Dashikis sind Hemden, die von afrikanischen Männern getragen werden«, erklärte der Junge. Er hätte verächtlich reagieren oder sich lustig machen können, blieb jedoch ganz sachlich. »Manchmal auch von schwarzen Amerikanern, wenn sie damit etwas sagen wollen.«

Dee nickte und fragte sich, was man mit einem Hemd wohl sagen konnte. »Ich glaube, die Jackson Five tragen Dashikis, das habe ich mal im Fernsehen gesehen.«

Der Junge lächelte. »Ich dachte da eher an Malcolm X – er hatte auch einmal ein Dashiki-Hemd an.« Jetzt schien er sie ein bisschen aufzuziehen. Das störte Dee nicht, Hauptsache, der Schatten über seinem Gesicht war weg.

»Meine Mutter trägt ein Kleid aus Kente-Stoff«, fuhr er fort. »Dieser Stoff kommt aus meinem Land.«

»Warum hat sie einen Wintermantel an?«

»Wenn wir nicht in Ghana sind, ist ihr kalt, sogar im Sommer.«

»Ist dir auch kalt?«

»Nein, mir ist nicht kalt.« Der Junge antwortete immer in

ganzen, förmlichen Sätzen, ein bisschen so wie Dee und ihre Mitschüler im Französischunterricht. Er hatte keinen amerikanischen, eher einen Anflug von britischem Akzent. Dees Mutter verpasste im Fernsehen keine Folge von *Das Haus am Eaton Place*, und so ähnlich klang er, nur nicht so hochnäsig und barsch, sondern mit einem singenden Tonfall, der wahrscheinlich aus Afrika kam. Seine Sätze waren immer korrekt, er verschluckte nicht die kleinste Silbe, sondern gab jedem Vokal einen so satten, melodischen Klang, dass Dee beinahe gegrinst hätte; aber sie wollte nicht unhöflich sein.

»Holt sie dich auch wieder ab?«, fragte sie. Dees Mutter kam außer zu den Elternsprechtagen nie in die Schule. Sie verließ nur ungern das Haus.

Der Junge lächelte wieder. »Sie musste mir versprechen, *nicht* zu kommen. Ich kenne den Heimweg.«

Dee lächelte zurück. »Ist wahrscheinlich auch besser so. Hier werden nämlich nur die Kleinen, die auf dem hinteren Schulhof sind, von den Eltern gebracht und abgeholt.« Es klingelte zum zweiten Mal. Die Lehrer der vierten Klassen setzten sich in Bewegung, und ihre Schüler folgten ihnen in Reih und Glied ins Gebäude. Als nächste würden die fünften Klassen gehen, dann die sechsten.

»Möchtest du, dass ich die Springseile für dich trage?«, fragte der Junge.

»Oh! Nein, danke, die sind nicht schwer.« Waren sie eigentlich schon. Noch nie hatte ihr ein Junge so ein Angebot gemacht.

»Das tue ich gern.« Der Junge streckte auffordernd die Hände aus, und sie gab ihm die Seile.

»Wie heißt du?«, fragte sie, als auch ihre Klasse losging.

»Osei.«

Verdutzt sah sie ihn an. Der Name klang fremd; da war nichts Vertrautes, woran man sich hätte festhalten können. Wie ein glatter Felsblock, der schwer zu erklimmen war.

Er lächelte über ihre Verwirrung; offenbar kannte er das.

»Es ist leichter, mich einfach O zu nennen«, sagte er. »Wie der Buchstabe. Das macht mir nichts aus, wirklich. Sogar meine Schwester nennt mich manchmal O.«

»Nein, nein, warte, ich kriege das schon hin: O … sei. Ist das ein Wort aus deiner Sprache?«

»Ja, genau. Es bedeutet ›von edler Geburt‹. Und du, wie heißt du, bitte?«

»Dee. Eigentlich Daniela, aber alle nennen mich Dee.«

»Dee? Einfach so?«

Sie nickte. »Genauso wie O, einfach so.« Die beiden sahen sich an, und dann mussten sie lachen. Osei hatte schöne, gleichmäßige Zähne, die in seinem dunklen Gesicht weiß funkelten und etwas bei Dee entfachten.

*

Obwohl Ian damit beschäftigt war, das Karussell übertrieben schnell anzuschieben, um die Viertklässler zum Schreien zu bringen, hatte er den Jungen sofort gesehen. Ian sah jeden, der neu war in seinem Revier. Denn der Schulhof gehörte ihm. Jedenfalls seit er in der Sechsten war und es keine älteren Jungen mehr gab, die das Sagen hatten. Seit Monaten gefiel er sich schon in dieser Machtposition. Da stellte jeder Neue natürlich eine gewisse Herausforderung dar. Und *dieser* Neue, nun ja …

Ian war weder der größte noch der schnellste Junge seines Jahrgangs. Er konnte Bälle nicht am weitesten schießen, am Basketballkorb nicht am höchsten springen, am Klettergerüst nicht die meisten Klimmzüge machen. Im Unterricht sagte er nicht viel; nie bekam er zur Belohnung Sticker unter seine Kunstwerke geklebt, und er gewann am Ende des Schuljahrs auch keine Preise als schnellster Kopfrechner, für die beste Handschrift und schon gar nicht für das beste Sozialverhalten. Auch war er nicht derjenige, der bei den Mädchen am besten ankam – diesen Status hatte Casper.

Dafür war Ian von allen Schülern der durchtriebenste. Der berechnendste. Der schnellste, wenn es darum ging, auf neue Situationen zu reagieren und sie zu seinem Vorteil zu nutzen. Wenn sich eine Prügelei anbahnte, nahm er Wetten entgegen und sorgte dafür, dass die Streithähne nicht den Schwanz einzogen. Er war gut darin, den Sieger vorherzusagen. Manchmal ließ er auch darauf wetten, wie lange eine Prügelei dauern und welcher Lehrer sie beenden würde. Als Wetteinsatz nahm er Süßigkeiten entgegen, die er anschließend weiterverkaufte – er selbst machte sich nichts aus Süßem. Oder er knöpfte anderen ihr Essensgeld ab, wobei es auch vorkam, dass er jüngere Mitschüler beschützte, wenn andere ihnen ihr Geld abnehmen wollten; anschließend bediente er sich natürlich selbst. Es machte ihm Spaß, Verwirrung zu stiften und andere im Ungewissen zu lassen. Vor Kurzem hatte er seine Eltern dazu überredet, ein Bankkonto für ihn zu eröffnen. Sie fragten ihn nicht, woher das viele Geld kam. Seine Brüder waren in dem Alter nicht anders gewesen.

Als seine Klasse einmal im Sportunterricht um den Block joggen musste, erbot sich Ian umzukehren und die langsameren Schüler einzusammeln; für ihn eine hervorragende Gelegenheit, sich einmal genau anzuschauen, was tagsüber in der Nachbarschaft so los war – wer die Post austrug, wer sein Auto wusch, wer beim Rosenschneiden die Haustür offen stehen ließ. Ians Blickwinkel war stets der eines möglichen Nutzens.

Immer klappte das nicht.

Vor ein paar Tagen zum Beispiel hatte sich aus heiterem Himmel ein Gewitter angekündigt. Miss Lode versuchte gerade, ihren Schülern zu erklären, was ein gleichschenkeliges Dreieck war, da meldete sich Ian. Der orange Hosenanzug seiner Lehrerin war längst mit Kreide verschmiert und ihre Miene so ratlos, als wäre die Geometrie etwas, das sich auch ihrem Verständnis entzog. Überrascht hatte sie innegehalten, denn Ian meldete sich nur selten. »Ja, Ian?«

»Miss Lode, es fängt gleich an zu regnen, und die Flagge hängt noch. Soll ich sie vielleicht einholen?«

Miss Lode blickte aus dem Fenster auf das dunkle Wolkengebirge und die amerikanische Fahne, die draußen vor der Schule im Wind flatterte. »Dafür sind die Mädchen aus Mr Brabants Klasse zuständig. Das weißt du.«

»Aber die sind nie schnell genug. Und heute ist Mr Brabant nicht da, um sie daran zu erinnern. Wenn ich jetzt loslaufe, wird sie nicht nass.«

Miss Lode zögerte, dann deutete sie mit einer Kopfbewegung zur Tür. »Also gut, aber beeil dich. Und nimm jemanden fürs Falten mit.«

Der Umgang mit der amerikanischen Flagge war einer Reihe von Regeln unterworfen: Nachts und bei Regen wurde sie eingeholt, sie durfte nie, auf gar keinen Fall den Boden berühren, und sie verlangte Ehrfurcht. Schon oft hatte Ian zu Beginn und am Ende des Schultags aus dem Fenster geschaut, wenn Dee und Blanca mit demonstrativem Stolz auf ihr besonderes Privileg zum Fahnenmast marschierten. In der Regel erledigten sie ihre Aufgabe mit Sorgfalt, doch er hatte auch schon erlebt, dass sie die Flagge nachlässig falteten oder sogar ein Ende über den Boden schleifen ließen. Manchmal sangen sie auch – patriotische Lieder, aber häufiger Popsongs aus dem Radio. Sie ließen sich gern Zeit, quatschten, trödelten, lachten.

Er entschied sich für Mimi als Begleiterin, was alle erstaunte, nicht nur Miss Lode, sondern auch die meisten anderen Jungen und alle Mädchen, die hinter vorgehaltener Hand kicherten. Auch Mimi schien überrascht, aufgeregt und sogar ein bisschen ängstlich. Bis zum Ende der vierten Klasse hatten die Mädchen und Jungen noch zusammen gespielt und sogar Freundschaften gepflegt. Doch in den letzten beiden Schuljahren war eine strikte Geschlechtertrennung vollzogen worden: Jetzt kam es nur noch außer Sichtweite der Lehrer, hinter der Turnhalle oder – an sonnigen Tagen – im Schatten der

Bäume zu verstohlenen Begegnungen. Letzte Woche hatte Ian an der Rückwand der Turnhalle sogar einen Arm um Mimi gelegt und seine Hand vor ihren kleinen, knospenden Brüsten baumeln lassen. Doch zu mehr war er nicht gekommen, weil Rod plötzlich vorgeschlagen hatte, seine Jeans samt Unterhose herunterzulassen und den Mädchen mal zu zeigen, was er da unten so hatte. Natürlich hatten alle aufgeschrien, auch Mimi, die sofort unter Ians Arm weggeschlüpft war – aber schweren Herzens, das hatte Ian schon gemerkt.

Als sie ihm nun nach draußen folgte, begann es bereits zu tröpfeln, doch das meiste hing noch in den Wolken. Am Fahnenmast gab sich Ian Mühe, Mimi nicht zu viel Aufmerksamkeit zu schenken, und konzentrierte sich darauf, das Seil von der in Taillenhöhe an den Mast geschraubten Halterung zu wickeln. Dann holte er die Flagge ein. »Nimm das Ende«, befahl er.

Gehorsam nahm Mimi die Fahne an ihren losen Zipfeln entgegen. Ian löste sie auf seiner Seite vom Seil, und dann hielten sie die große Flagge wie ein Bettlaken straff gespannt zwischen sich. Er sah Mimi eine Sekunde länger an als eigentlich nötig, und sie ließ es still, mit aufgerissenen Augen geschehen. Mimis Augen waren kristallblau, und die dunklen Sprenkel darin erzeugten ein Funkeln, das ihn verwirrte. Sie hatte sommersprossige Haut, rote Haare – wahrscheinlich waren ihre Vorfahren Iren – und einen breiten Mund, in dem Zahnspangen glänzten. Mit ihren unregelmäßigen Gesichtszügen – die Augen zu weit auseinander, der Mund zu groß, die Stirn zu breit –, konnte sie eigentlich nicht als hübsch gelten. Dennoch hatte Mimi etwas. Sie waren jetzt im siebten Jahr auf derselben Schule. In der dritten Klasse hatte Ian sie einmal umgeschubst, einfach so, weil er es konnte, doch ansonsten hatte er ihr bis vor Kurzem keine besondere Beachtung geschenkt. Seine Wahl war nun deshalb auf Mimi gefallen, weil sie genauso war wie er und auf dem Schulhof immer ein bisschen Abstand zu den anderen hielt. Obwohl

Mimi zwei Schwestern hatte, eine ältere und eine jüngere, die beide ganz normal wirkten, und außerdem die beliebte Dee als beste Freundin, schien sie häufig allein mit sich und ihren Gedanken zu sein, sogar beim Seilspringen oder wenn sie Himmel und Hölle spielte. Sie hatte den Ruf, ein bisschen neben der Spur zu sein, wenig zu reden und viel zu beobachten. Vielleicht fand Ian gerade das attraktiv: Er wollte ja gar nicht, dass sie viel redete.

Nun hatte er begonnen, die Fahne der Länge nach in der Mitte zu falten, und bedeutete ihr, ihm dabei zu helfen; dann falteten sie den Stoff abermals der Länge nach, sodass die zwischen ihnen gespannte Fahne schließlich nur noch ein Viertel ihrer ursprünglichen Breite hatte. Wieder schaute er Mimi zu lange an, und sie wurde rot. »Mach weiter«, sagte er. »Weißt du wie?«

Mimi nickte und legte an ihrem Ende die untere Ecke der Flagge nach oben, so, dass ein Dreieck entstand, das sie wieder umklappte, dann das nächste Dreieck faltete, umklappte und so weiter; dabei kam sie unweigerlich langsam auf Ian zu. Er hielt sein Fahnenende an die Brust gedrückt, sodass Mimi, beim letzten Dreieck angelangt, nur noch einen Schritt von ihm entfernt war. Für ihn der ideale Moment, mit einem so kräftigen Ruck an dem Stoff zu ziehen, dass sie gegen ihn prallte, und dann nach ihrem Mund zu schnappen. Die gefaltete Flagge eingeklemmt zwischen seinem und ihrem Oberkörper, schlugen ihre Zähne gegeneinander, und Mimi wollte zurückweichen, doch sie konnte nicht, weil dann die Fahne auf den Boden gefallen wäre.

Mimis Zahnspange pikste, doch Ian presste entschlossen seinen Mund an ihre Lippen und begann zu saugen. Nach einer Weile reagierte Mimi und saugte zurück, nur dass sie den Mund nicht weit genug öffnete und seine Zunge nicht reinließ. Sie hat das schon mal gemacht, schoss es ihm durch den Kopf – ein Gedanke, der ihm missfiel. Abrupt zog er sich von Mimi zurück, obwohl es ihm Spaß gemacht und er sogar gespürt hatte, dass sich etwas bei ihm regte, was auch ihr wahrscheinlich nicht entgangen war. Wortlos nahm er ihr die Flagge aus der Hand, faltete selbst das letzte Dreieck und klemmte den überschüssigen Stoff fest. »Mit anderen solltest du so was aber nicht machen«, sagte er schließlich.

Mimi sah ein bisschen verwirrt aus, ja sogar eingeschüchtert. »Habe ich nicht.«

»Lügen steht dir nicht. Hast du wohl – mit Philip, Charlie, Duncan und sogar Casper.« Es waren reine Vermutungen, von Ian geschickt ausgewählt, und er hatte ganz offensichtlich mindestens einen Treffer gelandet, wusste nur nicht, mit wem. Denn Mimi ließ den Kopf hängen. Der Regen hatte jetzt zugenommen und lief ihr übers Gesicht; es sah fast so aus, als weinte sie.

»Wenn du mit mir gehen willst, guckst du diese Jungen besser nicht mal an. Willst du mit mir gehen?«

Mimi nickte.

»Dann mach den Mund auf, wenn wir uns küssen, damit ich meine Zunge reinstecken kann.«

»Aber die Mädchen kommen jeden Moment aus Mr Brabants Klasse – dann sehen die uns. Außerdem sieht uns hier sowieso jeder.«

»Ach was! Und außerdem habe ich das schon oft genug beobachtet: Die Mädchen brauchen immer ewig, bis sie rauskommen. Die Flagge wird jedes Mal nass, und dann muss Dee sie mit nach Hause nehmen und in den Trockner stecken. Los, komm schon.«

Er presste seinen Mund wieder an ihren. Als sie ihre Lippen öffnete, schob Ian die Zunge tief hinein, drängte Mimi gegen den Fahnenmast und erkundete mit kräftigen, pumpenden Bewegungen das Innere ihres Mundes. Auch seine Hüften presste er gegen ihre, um sicher zu sein, dass sie ihn dieses Mal spürte.

Als sie schließlich aufhörten, waren beide außer Atem. Beim Küssen hatte sich Ian frei gefühlt und wie berauscht. Das Seil baumelte im Regen. Ian nahm es, sah sich um und drückte Mimi das dreieckige Fahnenpaket in die Hand. »Geh mal ein Stück zurück. Ich zeig dir was.« Er wickelte sich das Seilende fest um die Hand und begann, um die Fahnenstange zu rennen. Dabei lehnte er sich so weit nach außen, dass sich das Seil spannte. Als er genug Schwung hatte, stieß er sich vom Boden ab und wirbelte um den Mast, stieß sich wieder vom Boden ab und flog weiter. Plötzlich war alles weg, der Regen, Mimi, die Schule; nur noch das Gefühl zu fliegen war da.

Als der Schwung nicht mehr reichte, sah er Mimi: Sie schaute ihn an, die Flagge an ihre Brust gedrückt. Ian fühlte sich so gut, dass ihn der Wunsch überkam, einmal großzügig zu sein. »Willst du auch? Komm, das macht Spaß.« Er nahm ihr die Fahne ab und gab ihr das Seil. »Du musst ganz schnell rennen und dann einfach springen.«

Sie zögerte. »Mrs Duke könnte mich sehen. Oder irgendein anderer Lehrer. Nachher erwischen die uns noch.«

Ian schnaubte. »Ach was! Keiner sieht uns. Die sind viel zu beschäftigt mit ihren Dreiecken. Willst du nicht?«

Mimi schien sich einen Ruck zu geben: Sie rannte los, lehnte sich wie er vom Fahnenmast weg, stieß sich vom Boden ab und schwang in einem weiten Bogen durch die Luft. Sie lachte. Noch nie hatte Ian sie so glücklich gesehen. Er lächelte, was selten war und auch diesmal nur von kurzer Dauer. Als Mimi stehenblieb, küsste er sie wieder, diesmal sanfter. Sie hatten sich gerade wieder voneinander gelöst, da kamen Dee und Blanca aus dem Gebäude marschiert, um die Flagge einzuholen. Dee sah die beiden ziemlich schief an, überrascht, sie zusammen zu sehen, und Ian fragte sich, ob sie den Kuss noch mitbekommen hatte. Obwohl es eigentlich auch egal war. »Ihr Mädels seid einfach zu langsam«, erklärte er und schlenderte mit der gefalteten Flagge unter dem Arm an ihnen vorbei. Mimi folgte ihm mit hochrotem Kopf.

Leider war auch Ian zu langsam gewesen und die Fahne nass geworden, was er ja eigentlich hatte verhindern sollen.

Stirnrunzelnd betastete Miss Lode das dreieckige Stoffpaket, das er ihr aufs Lehrerpult gelegt hatte.

»Ist das eigentlich auch ein gleichschenkeliges Dreieck, Miss Lode?«, versuchte er, sie abzulenken.

»Also …« Seine Lehrerin betrachtete die Fahne mit zusammengekniffenen Augen. »Ich weiß nicht. Aber … Jennifer, bring die Flagge bitte in Mr Brabants Klasse.«

»Ich kann mich auch darum kümmern«, sagte Ian schnell. »Sobald der Regen aufhört, kann ich sie wieder hissen und sie bei Schulschluss einholen.«

»Mr Brabants Klasse ist für die Flagge zuständig, und ich möchte, dass es dabei bleibt. Und jetzt geh wieder an deinen Platz, Ian. Das reicht für heute an Unterbrechungen.«

Im Nachhinein hätte Ian sich ohrfeigen können, dass er noch Zeit damit verplempert hatte, um den Fahnenmast zu fliegen. Sonst hätte er vielleicht eine weitere kleine Freiheit herausschlagen können – wobei er vermutete, dass Mr Brabant darauf bestanden hätte, dass der Flaggendienst wieder von seiner Klasse ausgeführt wurde, und Miss Lode nachgegeben hätte.

Das erste Klingeln hallte über den Hof, und Ian griff in die Stäbe des Karussells, um es abzubremsen. Einer der beiden Viertklässler sah so aus, als wäre ihm schlecht. Grinsend gab Ian dem Karussell wieder Schwung. »Zehn Cent fürs Anhalten!«, rief er dem Jungen zu, der verzweifelt nickte. Ian rammte die Fersen in den Boden, und das Karussell stoppte abrupt. Der andere Viertklässler rannte schnell zu seinen Kameraden, die schon begonnen hatten, sich vor dem Schulgebäude aufzustellen, erleichtert, dieses Mal nicht im Mittelpunkt von Ians Interesse zu stehen. Das bedauernswerte Opfer, das nicht mitgerannt war, stand mit hängenden Schultern und gesenktem Kopf da.

»Gib mir das Geld«, sagte Ian.

Ohne aufzublicken, zuckte der Junge mit den Schultern. »Hab kein Geld.«

»Darüber hättest du besser nachgedacht, als du auf dem Karussell gesessen hast.« Ian baute sich dicht vor ihm auf. »Steig wieder ein. Ich drehe dich, bis du kotzen musst.«

»Ich … ich bezahle morgen. Versprochen.«

»Morgen reicht nicht. Jetzt. Was hast du sonst? Hast du Süßigkeiten?«

Der Junge schüttelte den Kopf.

»Baseball-Sammelkarten?«

Kopfschütteln.

»Also was hast du?«

Wieder nur ein Schulterzucken.

Ian ließ alles, was er in letzter Zeit beobachtet und abgespeichert hatte, vor seinem inneren Auge Revue passieren. »Gib mir dein Hot-Wheels-Auto – den roten Camaro.«

Volltreffer. Der Junge begann sofort, in seinen Hosentaschen zu wühlen. »Ich glaube, ich habe doch noch ein Fünfcentstück. Das kann ich dir jetzt geben und morgen den Rest – oder sogar heute, nach dem Mittagessen. Ich kann heute Mittag nach Hause gehen und die restlichen fünf Cent holen.«

Doch Ian hatte sich bereits die Schultasche geschnappt, die der Junge auf den Boden geworfen hatte, als vor unschuldigen fünf Minuten ein paar Runden auf dem Karussell noch ein kleiner Spaß vor Unterrichtsbeginn zu werden versprachen, und fischte mit geübtem Griff einen flachen roten Rennwagen mit breiten Rädern aus der Tasche. Das Auto passte perfekt in seine Handfläche. So wie das Ding glänzte, war es eindeutig eine Neuanschaffung. Als er das Spielzeugauto eingesteckt hatte, hörte er den Jungen »Blödmann!« vor sich hin murmeln.

Ian zog das Auto wieder aus der Hosentasche, ließ es fallen und trat mit dem Fuß darauf. Die Türen sprangen auf, die Räder ab, das Dach dellte sich in der Mitte, und von der Motorhaube splitterte roter Lack. »Ups«, sagte Ian und ließ es liegen. Im nächsten Moment ärgerte er sich, dass er aus bloßer Wut so ein gutes Hot-Wheels-Auto verschwendet hatte, zumal »Blödmann« ja nun wirklich eines der harmloseren Schimpfworte war, die er in seinem Leben gehört hatte. Andererseits war das Gesicht, das der Junge am Ende gemacht hatte – noch elender als eben auf dem Karussell –, schon ein ziemlich befriedigender Anblick.

Während des ganzen Geschehens hatte Ian aus den Augenwinkeln den Neuankömmling beobachtet, der am Rand des Schulhofs stand. Nun drehte er sich um und ging auf den Neuen zu. Den schwarzen Neuen. Denn er war wirklich sehr schwarz. Auf seinen Erkundungsmissionen hatte Ian zwar in Erfahrung gebracht, dass ein Neuer in die Klasse kommen würde, doch das entscheidende Detail, die Hautfarbe, war ihm entgangen. Als er sich nun dem dunkelhäutigen Jungen näherte, seinen schwarzen Augen und den glitzernden Schweißtröpfchen in seinem kurz geschorenen Haar, schreckte er innerlich vor ihm zurück. Übernimm das Kommando, ermahnte er sich. Du hast es in der Hand. Sorg dafür, dass sich deine Freunde bei dir wohlfühlen und deine Feinde erst recht. Den Spruch gab sein Vater häufig zum Besten. »Wenn es klingelt, musst du dich aufstellen«, sagte er. »Da drüben. Du bist in Mr Brabants Klasse.«

Der Junge nickte. »Danke.« Nur dieses eine Wort, doch wie er es sagte – geradeheraus, selbstsicher sogar, in diesem fremden Tonfall – und wie er dann auf die Klasse zuging, als würde er den Schulhof längst kennen, ja als würde er ihm *gehören*: Das alles ließ einen jähen Zorn in Ians Brust aufflammen.

»Verdammt.« Rod hatte sich angeschlichen wie ein scheuer Hund. Er war klein und drahtig, mit dunklem, zerzaustem, schulterlangem Haar, die Wangen rot, sobald ihn irgendetwas aufregte. Jetzt waren sie rot. »Was zum Teufel ist eigentlich in diesem Drecksloch von Schule los?« Rod fluchte oft, weil er sich wohl einbildete, dass er dann wie ein harter Knochen rüberkam. Ian fluchte nie. Sein Vater hatte ihm mit Hilfe eines Ledergürtels früh klargemacht, dass fürs Fluchen er selbst zuständig war, nicht sein Sohn.

Ian ertrug Rods Gegenwart schon seit Längerem; nie hätte er ihn als Freund bezeichnet, obwohl er einmal mitbekommen hatte, dass Rod ihn durchaus seinen besten Freund nannte, was ja sowieso eigentlich nur Mädchen machten. Für Ian war Rod nicht mehr als ein Handlanger, der ihn darin unterstützte, seine Vormachtstellung auf dem Schulhof zu verteidigen; er hielt nach Lehrern Ausschau, wenn Ian Wetten annahm oder Essensgeld erpresste oder Schüler drangsalierte, nur weil es Spaß machte. Als Handlanger befand sich Rod in der misslichen Lage, sowohl von seinem Meister als auch von dessen Opfern verachtet zu werden. Er war schwach, weinerlich und kleinmütig. Auch jetzt jammerte er mal wieder: »Guck dir das an – die redet mit dem. Und ich komm nie an die ran!«

Mimis Freundin Dee hatte sich hinter dem schwarzen Jungen in die Reihe gestellt und redete tatsächlich mit ihm. Ian beobachtete die beiden, fast ein bisschen beeindruckt von Dees Unverfrorenheit. Als sie aber dem Jungen die Springseile gab und die beiden lachten, runzelte er die Stirn. »Das gefällt mir nicht«, murmelte er. Da würde er wohl eingreifen müssen.

*

In gleichmäßigem Rhythmus ließ Mimi die Springseile auf den Boden klatschen; sie nahm deutlich wahr, wie um sie herum das Leben pulsierte. In der Nähe zankten sich zwei Mädchen um einen schief aufgemalten Himmel-und-Hölle-Kasten. Drei Jungen rannten den Schulhof entlang um die Wette, und im letzten Moment setzte sich einer der drei an die Spitze. Auf einem Mäuerchen saß ein Mädchen und las in einem Buch. Mit dem Rücken zum Schulgebäude hatten sich mehrere Jungen nebeneinander am Maschendrahtzaun aufgestellt; in der Hoffnung, dass kein Lehrer es sah, testeten sie, wer am weitesten auf den Bürgersteig pinkeln konnte. Drei Mädchen steckten über einem Comic lachend die Köpfe zusammen, und unter den Bäumen kickte ein Junge Sand aus dem Sandkasten.

Auf dem Schulhof gab es – auch das spürte Mimi – zwei Pole, die sich dank ihrer gegensätzlichen Anziehungskraft neutralisierten. Der eine war Ian, der auf dem Karussell die Viertklässler schikanierte. Mimi wusste genau, wie es enden würde. Auch sie saß ja mit Ian irgendwie auf einem Karussell, nur dass sie in ihrem Fall nicht wusste, wie es enden würde. Das Wirbeln um den Fahnenmast vor drei Tagen war berauschend gewesen und gleichzeitig so erschreckend wie eine hoch schwingende Schaukel, auf der man – mit dem Blick nach oben zurückgelehnt – die ungute Wucht des Zurückschwingens nicht nur spürt, sondern auch sieht. Seitdem hatte sie das Gefühl, an Ian gebunden zu sein, und war sich nicht sicher, ob sie sich von ihm befreien wollte oder nicht.

Der Gegenpol zu dem wild kreisenden Karussell, dessen Passagiere Gefahr liefen, herausgeschleudert zu werden, war der Neue. Der neue, *schwarze* Junge; über dessen Hautfarbe ließ sich nun einmal nicht hinwegsehen. Er bewegte sich nicht und fiel gerade dadurch auf. An seiner Stelle wäre Mimi über den Schulhof spaziert und hätte sich unauffällig unter die anderen Schüler gemischt. Mimi war noch nie irgendwo neu gewesen; trotzdem hatte sie nie richtig dazugehört. Sie war Dees beste Freundin, und jetzt ging sie auch noch mit Ian: Eigentlich hätten diese beiden Beziehungen ihr Anker sein müssen, doch das war nicht so. Mimi hatte das Gefühl, haltlos zu treiben.

Rotieren und Ruhe. Bewegung und Regungslosigkeit. Weiß und schwarz. Plötzlich war hier ein neues Gleichgewicht entstanden, das Mimi verwirrte. Sie versuchte, den Gedanken mit einem Kopfschütteln loszuwerden.

Durch Mimis Kopfbewegung begann eines der Seile zu eiern, und prompt blieb die Springerin darin hängen. Sie war eine Fünftklässlerin und beschwerte sich; mit einem Blick brachte Mimi sie zum Schweigen. Sie wusste genau, dass sie für den Fehler verantwortlich war, doch sie ließ sich nichts anmerken und entschuldigte sich nicht, denn darunter hätte ihr Ruf gelitten, beim Seilspringen die sicherste Dreherin zu sein. Die sicherste Dreherin und das Mädchen mit dem besonderen Gespür. An diese beiden Begabungen musste sie sich halten, eine andere hatte sie nicht. Daran und jetzt vielleicht an Ian, wobei der natürlich keine Begabung war.

Die Fünftklässlerin trottete davon, was Mimi bedauerte, weil nun Blanca ihren Platz einnahm. Blanca war die Hübscheste unter den Sechstklässlerinnen, wenn auch ihr gutes Aussehen durch einen ziemlich vulgären Kleiderstil geschmälert wurde: heute ein hautenges rosa Oberteil, unter dem sich die Träger und Umrisse ihres Sport-BHs abzeichneten, ein kurzer Jeansrock, beige Plateausandalen, rote, glitzernde Spangen in ihrem schwarzen Haar und ein halbes Dutzend goldener Armreifen, die beim Springen klimperten. Und sie sprang; sie sprang und sprang und sprang. Blanca, die beste Springerin; Mimi, die beste Dreherin. Zwei Rollen, mit denen sie sich gegenseitig langweilten.

Mimi ließ sie springen, hielt dabei mechanisch den Rhythmus und beobachtete, wie sich die Aufmerksamkeit des Schulhofs langsam auf den fremden Jungen richtete. Niemand unterbrach sein Tun, oder wenn, dann nur für einen kurzen Moment der Verwunderung, ein Innehalten vor dem Losrennen, ein Aufmerken zwischen Fangen und Werfen, eine minimale Pause im Geplapper. Dann wurde weiter gerannt, geworfen, geredet, nun aber mit einem Auge und einem Ohr bei diesem Fremden. Mimi nahm den Schulhof und das Gewimmel darauf wie ein Geflecht aus kreuz und quer verlaufenden Fäden wahr, die sich nach und nach so justierten, dass alle auf diesen einen Punkt zuliefen. Wie hielt er so viel Aufmerksamkeit nur aus?

Und dann kam Dee über die vielen Fäden hinweg auf sie zugeschwebt, das blonde Haar zu strammen Zöpfen geflochten von ihrer Mutter, die ja überhaupt der Meinung war, Mädchen müssten so lange wie möglich unter Verschluss gehalten werden. Sie kam, um Mimi zu sagen, dass sie aufhören sollten, und dann nahm sie die Springseile und stellte sich damit zu dem Neuen in die Reihe. Nun würde sie ihre ganze Aufmerksamkeit auf ihn richten. Mimi wusste, dass es so kommen würde. Solche Dinge wusste sie einfach.

Und sie sollte recht behalten: Dee nahm ihre Freundin nur noch mit flüchtigem Interesse zur Kenntnis. Als auch Mimi kurz darauf in ihrer Reihe stand, konnte sie es nicht lassen, Dee und den Jungen zu beobachten. Jeder beobachtete die beiden. Unter den neugierigen Blicken schien es, als hätten sie eine Aura, die Mimi an das Flirren erinnerte, mit dem sich bei ihr Kopfschmerzen ankündigten. Eigentlich schwirrte ihr wirklich ein bisschen der Kopf; sie spürte das Summen, das auf Schmerzen hindeutete wie atmosphärische Spannungen auf einen Sturm.

Und dann übergab Dee dem Jungen die kostbaren Springseile, und die beiden lachten mit zurückgeworfenem Kopf, als hätten sie kein anderes Publikum als sich selbst. Es kam so unerwartet – ein Junge, der nach den ersten fünf Minuten an seiner neuen Schule schon lachte! –, dass auch Mimi unwillkürlich lachen musste, vor Überraschung, aus Sympathie und aus purem Reflex. Sie war nicht die Einzige, auch andere ließen sich anstecken, lächelten und lachten mit, weil sie nicht anders konnten.

Ian nicht. Ihr Freund – denn das war er jetzt offiziell, ihr Freund und sie seine Freundin – stand ein Stück abseits und starrte Dee und den Jungen an wie ein knurrender Hund.

Ich kann nicht mit ihm gehen, dachte sie. Ich kann nicht mit einem Jungen gehen, der so auf ein Lachen reagiert. Und dann dachte sie wieder an das Gefühl, um den Fahnenmast zu fliegen, an Ians Zunge in ihrem Mund, an seinen drängenden Unterleib. Sie war erstaunt, dass es ihr gefallen und ihr Körper darauf reagiert hatte; als würde ein Schalter gedrückt.

Aber sie konnte nicht zulassen, dass jemand wie Ian diesen Schalter drückte.

Sie überlegte, wann sie ihm sagen sollte, dass Schluss war. Vielleicht nach der Schule, dann könnte sie gleich nach Hause laufen und am nächsten Tag, einem Freitag, schlimme Kopfschmerzen vortäuschen, um nicht in die Schule zu müssen. Dann kam erst einmal das Wochenende, und sie hoffte, dass nach diesen drei Tagen Ians erste Wut erloschen war. Blieb nur noch ein Monat Schule bis zum Sommer, einem ganzen Sommer ohne ihn; und danach die neue Schule.

Mit diesem Plan fühlte sie sich besser – bis auf das leise, stechende Gefühl von Eifersucht, mit dem sie Dee und den Neuen entspannt wie ein Paar ins Gebäude gehen sah.

Ja, Mimi fühlte sich besser. Doch das Flimmern, das hinter ihren Augen lauerte, und der Schraubstock an ihren Schläfen, der sich langsam zuzog, waren noch da. Das alles würde erst verschwinden, wenn der Schmerz ihren Kopf erobert und sie kapituliert hätte; erst, wenn sie diese Prüfung hinter sich gebracht hätte, würde sie sich wieder leicht und frei fühlen.

*

Mit geübtem Blick inspizierte Osei den Schulhof. Drei Mal hatte er genau das in seinem Leben schon getan, er kannte sich damit aus. Alle Schulhöfe hatten dieselben Komponenten: das Karussell, die Schaukeln, die Rutsche, die Hangelleiter, das Klettergerüst; auf dem Asphalt die eingezeichneten Spielfelder für Softball und Kickball; an einem Ende ein Basketballkorb; Freiflächen fürs Seilspringen und für Himmel und Hölle. Und auf diesem Schulhof noch zwei Besonderheiten: ein Piratenschiff mit Masten und Takelage zum Klettern und ein Sandkasten unter Bäumen.

Ansonsten Kinder, die das taten, was sie überall taten: Jungen, die wild herumrannten, um überschüssige Energien abzubauen, die sie später am Stillsitzen gehindert hätten, oder mit Bällen spielten – immer war irgendetwas mit Bällen; Mädchen, die sich mit Seilspringen oder Himmel und Hölle die Zeit vertrieben; Einzelgänger, die sich in eine Ecke verkrochen hatten, um zu lesen, oben auf der Hangelleiter saßen oder bei den Lehrern standen, wo es sicher war; Mobber, die auf Patrouille gingen und Macht demonstrierten. Und schließlich er selbst, der Neue, der beobachtend zwischen all diesen ausgetretenen Pfaden stand und ebenfalls seine Rolle spielte.

Während er sich umsah, hoffte er natürlich, etwas anderes zu entdecken: einen Verbündeten. Am besten jemanden wie er. Noch ein schwarzes Gesicht oder, wenn es das nicht gab, wenigstens ein braunes oder ein gelbes. Puerto Rico. China. Nahost. Hauptsache anders als dieser rosa und cremefarbene Aufmarsch von Vorstadt-Amerikanern. Doch es gab niemanden. Gab es fast nie. Und wenn doch, dann half es nicht. In seiner Londoner Schule hatte er eine schwarze Mitschülerin gehabt, ein Mädchen mit jamaikanischen Eltern, das jeden Blickkontakt mied und sich von ihm fernhielt, als wären sie und er zwei sich abstoßende Magneten. Offenbar wollte sie sich nicht in seinen Kampf um einen sicheren Platz hineinziehen lassen, nachdem sie für sich einen schwankenden Ast gefunden hatte. In seiner New Yorker Schule hatte es zwei chinesische Zwillingsbrüder gegeben, die sich bei Streit dazu provozieren ließen, in Kung-Fu-Manier um sich zu treten, was ihren Gegnern schadete und die Zuschauer begeisterte. Auch sie hielten Abstand zu Osei.

Mit der Zeit hatte er zu verbergen gelernt, was in ihm, dem neuen Mitschüler, vorging. Eigentlich war ja sein Vater der Diplomat der Familie, doch auch Osei war auf seine Weise ein Diplomat, der in jeder neuen Schule sein Können unter Beweis stellte. Wenn der Vater von seinem neuen Job nach Hause kam und beim Abendessen seiner Frau und den Kindern von den neuen Mitarbeitern erzählte, mit denen er jetzt zu tun hatte, und dass ihm niemand erklärte, wo die

Parkplätze oder die Toiletten waren, hätte Osei sagen können: »Ist bei mir genauso.« Und wenn der Vater berichtete, dass er die Namen seiner neuen Sekretärinnen immer wieder vergaß und sie deshalb grundsätzlich nur mit »Miss« ansprach, hätte Osei beisteuern können, was er gelernt hatte: dass die Leute im viktorianischen England ihre weiblichen Bediensteten, ganz gleich wie sie hießen, grundsätzlich mit »Abigail« anredeten, um sich keine neuen Namen merken zu müssen. Und dass auch er im Geiste die Liste aller Erwachsenennamen, die er sich gemerkt hatte, durchgehen und für jeden Lehrer, der vor der Klasse stand, den richtigen heraussuchen musste, weil die förmliche Anrede »Sir« oder »Miss« zu hochgezogenen Augenbrauen oder Gelächter geführt und ihn noch mehr zum Außenseiter gemacht hätte. Dass letztlich auch er einen neuen Job hatte, nämlich den, der Neue zu sein und sich anzupassen – oder auch nicht. Doch das alles behielt er für sich. Er hatte gelernt, die Älteren zu respektieren, was bedeutete, sie nicht in Frage zu stellen oder herauszufordern. Wenn der Vater wissen wollte, wie für seinen Sohn der Tag gewesen war, würde er fragen. Und weil er es nie tat, schwieg Osei.

Jetzt also wieder ein neuer Schulhof mit nichts als weißen Kindern, die ihn anstarrten, wieder eine neue Horde Jungs, die ihn von Kopf bis Fuß musterten, wieder eine neue Klingel, die in derselben Tonlage schrillte wie alle Schulklingeln dieser Welt, wieder ein neuer Lehrer, der vor der aufgereihten Klasse stand und ihn mit einem gewissen Unbehagen beäugte. Das alles hatte er schon mehrmals durchgemacht, es war ihm vertraut. Alles bis auf sie.

Osei spürte ihre Gegenwart wie ein Feuer in seinem Rücken. Er drehte sich um und sah, wie sie zusammenzuckte und die Augen niederschlug. Sie hatte von hinten seinen Kopf betrachtet. Dabei hatte er schon andere ertappt. Als wäre das, was ihn am meisten auszeichnete, die wohlproportionierte, runde Form seines Schädels, ganz ohne Dellen und Buckel. Seine Mutter rief ihm immer wieder gern in Erinnerung, dass sie ihn per Kaiserschnitt zur Welt gebracht hatte und deshalb sein weicher Schädel nicht zusammengequetscht worden sei. »Hör auf!«, schrie er jedes Mal, denn das wollte er sich lieber nicht vorstellen.

Als ihn das Mädchen schließlich ansah, sprang das Feuer über und erfasste ihn. Ihre Augen waren braun, ein durchsichtiges Braun, glänzend wie Ahornsirup. Nicht das Blau, das er schon auf so vielen Schulhöfen gesehen hatte, das Blau englischer, schottischer oder irischer Vorfahren; nicht das Blau aus Deutschland und Skandinavien; nicht das Blau der Nordeuropäer, die als Siedler nach Amerika gekommen waren, dort die braunen Augen der Indianer besiegt und aus Afrika schwarze Augen geholt hatten, um sie für sich arbeiten zu lassen. Osei sah sie mit seinen schwarzen Augen an, und ihre Antwort war braun, vielleicht das Braun des Mittelmeers: Spanien, Italien oder Griechenland.

Sie war schön – ein Wort, das zur Beschreibung eines so jungen Mädchens nicht unbedingt geeignet war. *Süß* war da sehr viel geläufiger. Das Wort *schön* hatte eine Tiefe, der ein Mädchen dieses Alters eigentlich nicht gewachsen war. Doch sie *war* schön. Ihr katzenhaftes Gesicht mit den markanten Wangen- und Kieferknochen hatte etwas Eckiges im Vergleich zu den polsterweichen Gesichtern der anderen Mädchen. Das blonde Haar trug sie zu zwei Zöpfen geflochten, die wie Seile an ihrem Rücken herabhingen. Osei konnte ihr frisches Shampoo riechen, den würzigen Duft nach Rosmarin. Es war Herbal Essence, er kannte dieses Shampoo, weil seine Schwester es liebte, aber nicht benutzen konnte, denn für afrikanische Haare war es nicht ölig genug. Darüber beschwerte sie sich, auch über das Etikett mit dem Bild einer weißen, von rosa Blüten und grünen Blättern eingerahmten Frau mit langem, blondem Haar. Trotzdem hatte sie sich eine Flasche gekauft, um wenigstens daran zu riechen.

Die Schönheit des Mädchens, das hinter ihm stand, war nicht nur äußerlich. Osei hatte das Gefühl, dass in ihrem

Inneren etwas leuchtete; etwas, das die meisten entweder gar nicht besaßen oder gut verbargen: ein Herz. Niemand könnte sie jemals hassen, dachte er, und das war selten in dieser Welt. Sie war da, um das Leben besser zu machen. Und das tat sie auch schon, jedenfalls für ihn: dadurch, dass sie mit ihm redete, mit ihm lachte, sich um ihn kümmerte. Es war egal, ob die Mitschüler sie anstarrten oder sich über sie lustig machten. Osei hielt den Blick fest auf Dee gerichtet und ignorierte die anderen.

Als sie auf das neue Klassenzimmer zugingen, wusste Osei, dass er Dee bitten konnte, ihm bei etwas zu helfen, das ihm Sorgen bereitete – eine kleine, sehr konkrete Sache angesichts des großen, unlösbaren Problems, der einzige schwarze Schüler einer komplett weißen Schule zu sein. »Sag mir doch, bitte, hast du ein Federmäppchen?«, fragte er.

Dee sah ihn verdutzt an. »Ja, in meinem Pult. Warum? Hast du keins?«

»Doch, aber …« Er klemmte sich die Springseile unter den Arm und klappte seine Schultasche auf, ein dunkelgrünes, wunderbar unscheinbares Ding, das ihn durch drei Schulen begleitet hatte, ohne je auf sich aufmerksam zu machen. Was sich von dem Federmäppchen, das er Dee nun, ohne es aus der Tasche zu holen, unauffällig zeigte, ganz und gar nicht behaupten ließ: Es war rechteckig, aus rosa Plastik und mit roten Erdbeeren bedeckt, die aus der glatten Oberfläche ragten wie eine Blindenschrift für Riesen. Osei hatte sein richtiges Mäppchen – das wohl noch in einer der Umzugskisten steckte – nicht gefunden, und seine Mutter hatte darauf bestanden, dass er das Erdbeermäppchen einsteckte, das Sisi gehört hatte, bis sie zu alt dafür geworden war. Als er seine Mutter fragte, wie sie eigentlich auf die Idee kam, dass ein Junge ein rosa Erbeermäppchen benutzen würde, sah sie ihn an und sagte nur: »Osei, ein Schüler braucht ein Mäppchen für seine Stifte. Ich werde meinen Sohn nicht ohne Stifte in die Schule schicken.«

Mit seiner Mutter zu diskutieren war unmöglich, und so konnte er sie auch nicht davon abhalten, ihm das Mäppchen eigenhändig in die Schultasche zu stecken, dazu ein Stofftaschentuch, das er nie benutzen würde, ein Sandwich, von dem er nicht wusste, ob er es essen würde, und eine Coladose, von der er vermutete, dass die Schule sie ihm verbieten könnte. Obwohl nichts Nützliches in der Tasche war, hatte er sie sich über die Schulter gehängt und mitgenommen. Das Federmäppchen hatte er nicht mehr herausholen können, um es schnell noch irgendwo zu verstecken, denn seine Mutter hatte ihn trotz aller Bitten, sie möge ihn allein gehen lassen, fast bis zum Tor begleitet. Wenigstens kam sie nicht mit auf den Schulhof, doch sie beobachtete ihn vom Zaun aus, bis er im Gebäude verschwand. Keine anderen Eltern taten das – in der sechsten Klasse doch nicht mehr!

Dee machte große Augen, als sie das Erdbeermäppchen sah. Um Osei nicht vor den anderen bloßzustellen, nahm sie es nicht heraus, sondern griff nur in seine Tasche und betastete die Umrisse und die pickelige Oberfläche der Erdbeeren, genauso wie Sisi früher gedankenverloren an ihnen herumgespielt hatte, wenn sie am Küchentisch ihre Hausaufgaben erledigte. Das war, bevor sie anfing, sich bei Radiomusik in ihrem Zimmer zu verbarrikadieren. Jetzt wusste Osei nicht mehr genau, wo sie ihre Hausaufgaben machte und ob sie sie überhaupt erledigte.

»Es gehört meiner Schwester«, erklärte er, »aber sie benutzt es nicht mehr. Sie ist auf der Highschool. Zehnte Klasse. Da benutzen sie keine Federmäppchen mehr. Ich konnte meins nicht finden, deshalb musste ich ihres nehmen.«

Er verstummte, in Gedanken bei Sisi. Als sie jünger waren und noch dieselbe Schule besuchten, hatte ihm seine Schwester immer den Rücken freigehalten, hatte ihn beschützt, sich seine Klagen über die Behandlung durch die Mitschüler angehört und ihn getröstet, dass es mit zunehmendem Alter leichter werden würde. Stillschweigend hatten sie beschlossen, ihren Eltern nichts zu sagen und sich gegenseitig Rückendeckung zu geben, wenn sie ihnen Lügen auftischen mussten, um gestohlene Schultaschen zu erklären, tintenbefleckte Hemden, blutige Lippen und einmal ein aus Sisis Flechtfrisur herausgeschnittenes Zöpfchen. Klaglos hatte Osei auch diese Schuld auf sich genommen und sich vom Vater dafür versohlen lassen.

Als Sisi jedoch auf die Junior High gewechselt war, hatte sie begonnen, sich zurückzuziehen, auch von ihrem Bruder. Anstatt nach der Schule Zeit mit Osei zu verbringen, schloss sie sich nun in ihrem Zimmer ein und führte stundenlange, nichtige Telefongespräche mit Freundinnen, die sie ohnehin schon den ganzen Tag gesehen hatte. Osei wusste, dass es nichtige Gespräche waren, weil er manchmal am Nebenanschluss mithörte, bis ihm das Gerede über Fernsehsendungen, Mitschülerinnen, Schwärmereien für Jungs und Klamotten, die sie sich kaufen wollten, zu langweilig wurde. Beim Abendessen gab sie den Eltern, soweit sie sich traute, pampige Antworten oder versank in mürrisches Schweigen, was in Anwesenheit des Vaters die gefahrlosere Variante war.

Sisi behandelte Osei nun mit der herablassenden Distanz, die weibliche Teenager so gut beherrschen. Es tat weh. Osei hörte auf, ihr von Dingen zu erzählen, die in der Schule vorgefallen waren, und behielt seine zerrissenen Hemden in Rom und seine vom Beinstellen aufgeschürften Knie in New York für sich. Auch von den guten Dingen erzählte er ihr nicht mehr: den gehaltenen Toren, dem Mädchen, das mit ihm geredet hatte, dem überraschten Lob einer Lehrerin für sein Buchreferat über *Frau Frisby und die Ratten von Nimh*. Es hätte sie, so vermutete er, nicht mehr interessiert. Bücher wie *Der Wind in den Weiden* oder *Die Zeitfalte* las sie nicht mehr, dafür Teenagerbücher wie *Fragt mal Alice* oder Bücher über Schwarze: *Der unsichtbare Mann* von Ralph Ellison, *Alles zerfällt* von Chinua Achebe, *Ich weiß, warum der gefangene Vogel singt* von Maya Angelou.

Seine Mutter ging gelassen mit diesen Veränderungen um. »Osei, deine Schwester wird älter«, tröstete sie ihren Sohn. »Sie hat ihren kleinen Bruder im Moment einfach nicht so gern um sich. Aber du weißt, dass sie dich immer noch lieb hat. Wenn sie noch ein bisschen älter ist, wird es ihr wieder leichter fallen, dir das auch zu zeigen. Hab Geduld mit ihr, dann kommt sie zurück.«

Im zweiten Jahr in New York wurde Sisi fünfzehn und sogar noch distanzierter; manchmal musste er sich selbst in Erinnerung rufen, dass sie seine Schwester war. Es fing damit an, dass sie ihre weißen Freundinnen fallen ließ und nun gar keine Freundinnen mehr hatte, denn ihre Schule war komplett weiß. Stattdessen begann sie, mit schwarzen Jugendlichen herumzuhängen, die sie irgendwo kennengelernt hatte, und sich einen amerikanischen, mit Slang gespickten Akzent anzugewöhnen. Sie fing an, *yo mama* zu sagen, wenn sie jemanden beschimpfen wollte, und *solid*, wenn sie etwas gut fand. Und an dem Tag, an dem sie – wenn auch nicht in Gegenwart ihrer Eltern – Weiße abfällig als *honkies* bezeichnete, wusste Osei, dass sich ihre Wege endgültig getrennt hatten.

Diese Form des Rebellierens dauerte nur einen Monat, vielleicht auch zwei, und ging dann in etwas Subtileres über, das Osei nicht minder ratlos machte. Anstelle des amerikanischen Slangs verfiel Sisi nun immer mehr in den singenden ghanaischen Tonfall, den sie und Osei als kleine Kinder gesprochen hatten. Sie begann, leuchtende Tunikakleider aus Kente-Stoff zu tragen, sehr zur Freude ihrer Mutter. Weniger erfreut reagierte Mrs Kokote jedoch, als sich Sisi einen so üppigen Afro wachsen ließ, dass sich die Haare unter ihrem eigenen Gewicht bogen. Als sie ihre Tochter deshalb tadelte, lachte Sisi und nahm ihre Mutter in den Arm. »Aber *Maame*, du solltest dich freuen, dass ich meinen Haaren erlaube, natürlich zu sein, einfach so, wie Gott unsere afrikanischen Haare geschaffen hat.«

Sie fing an, nach der Schule und an den Wochenenden

häufiger auszugehen. Osei, der an ihrer Tür lauschte, wusste, dass sie log, wenn sie ihren Eltern sagte, wo sie war und mit wem. Eines Tages folgte er ihr heimlich in den Central Park, wo sie mit einer Gruppe von jungen schwarzen Teenagern zusammensaß, die er nicht kannte. Sie waren genauso gekleidet wie Sisi, trugen Dashikis und Oberteile aus Kente-Stoff und hatten voluminöse Afros. Aus der Ferne konnte er nicht hören, was sie sagten, doch nach den Telefongesprächen, die er belauscht hatte, konnte er es sich denken: Wahrscheinlich waren es Amerikaner, die neo-afrikanische Namen wie Wakuna, Malaika oder Ashanti angenommen hatten und in ihren Gesprächen unentwegt Leute wie Malcolm X, Marcus Garvey oder die Black Panthers erwähnten, Slogans wie *Black Power* und *Black is Beautiful* wiederholten und Begriffe fallen ließen – »weiße Vorherrschaft«, »Panafrikanismus«, »verinnerlichter Rassissmus« –, die Osei nicht verstand. Er sah, dass Sisi jedes Mal, wenn jemand kam oder ging, die geschlossene Faust zum Black-Power-Gruß hob – eine Geste, die er von dem Poster in ihrem Zimmer kannte, auf dem die Athleten Tommie Smith und John Carlos bei den Olympischen Spielen 1968 in Mexiko die Fäuste senkrecht nach oben streckten. Sisi war fünfzehn Jahre alt; war das nicht zu jung, um so radikal zu sein? Er vermisste die Vertrautheit, mit der sie früher Gin Rummy gespielt oder die Tänze aus *Soul Train* nachgetanzt hatten. Er vermisste sogar Sisis mürrisches Teenagerschweigen. Er wollte sie nicht über Unterdrücker und Unterdrückte reden hören.

Unbemerkt machte sich Osei an jenem Tag wieder aus dem Central Park davon. Auch später erwähnte er Sisi gegenüber nichts. Und den Eltern verschwieg er, was ihre Tochter so trieb. Die Kokotes schienen in der glücklichen Lage zu sein, nichts von Sisis neuen Aktivitäten zu ahnen.

Dafür schickte seine Mutter ihn jedoch kurz vor dem Umzug nach Washington zum Friseur, wo er seinen kugelrunden Afro verlor. Er war stolz darauf gewesen und hatte in der Gesäßtasche immer einen Afrokamm dabeigehabt, um seinen Haarbusch in Ordnung zu halten. Normalerweise stritt sich Osei nicht mit seinen Eltern, doch gegen diesen Friseurbesuch wehrte er sich vehement. »Warum?«, fragte er immer wieder.

»Es gibt in unserer Familie eine ungute Fixierung auf Haare«, beharrte seine Mutter, ohne das Kind wirklich beim Namen zu nennen. »Für einen Neuanfang ist es besser so.«

Als Osei weiter murrte, schaltete sich sein Vater ein. »Du machst, was deine Mutter dir sagt, Sohn, und hörst auf, ihre Entscheidung in Frage zu stellen. Sie weiß, was sie tut.«

Dies war das Ende des Streits wie auch seines Afros. »Tut mir leid, kleiner Bruder«, sagte Sisi, als sie ihn frisch geschoren wiedersah. Sie gluckste. »Du siehst aus wie ein Schaf nach der Rasur!«

Dass *ihr* Afro intakt war, nahm er zur Kenntnis.

Als Osei nun zusammen mit Dee das Klassenzimmer betrat, setzte sein neuer Lehrer einen anderen Schüler um, damit die beiden nebeneinander an einer Gruppe von zusammengeschobenen Pulten sitzen konnten, die ein Viereck bildeten. Osei hörte, wie ein Raunen durch den Raum ging, bis der Lehrer sich räusperte und wieder Stille einkehrte.

»Hast du Bleistifte, Stifte, ein Lineal und einen Radiergummi?«, fragte er seinen neuen Schüler.

Osei erstarrte; das Erdbeermäppchen wollte er keinesfalls aus der Tasche holen, weil er sich die Hänseleien, die ihn erwarteten, vorstellen konnte, und nun wusste er nicht, was er tun sollte. Aber Dee wusste es. Sie öffnete ihr Pult, legte sich ihr eigenes Mäppchen in den Schoß und schob es unauffällig unter dem Tisch zu ihm hin.

»Ja …«

»Mr Brabant«, flüsterte Dee.

»Mr Brabant.« Rasch hielt Osei das Mäppchen hoch. Es war weiß, nicht unbedingt die Farbe, die er gewählt hätte, aber wenigstens nicht rosa. Auf dem Mäppchen war Snoopy abgebildet, über eine Schreibmaschine gebeugt auf seiner roten Hundehütte sitzend. Snoopy war okay; er mochte ihn lieber als den unglücklichen Charlie Brown und die herrische Lucy. Der vernünftige Linus wäre auch akzeptabel gewesen oder Schroeder mit seinem Klavier. Allerdings hatte Snoopy einen Vorteil: Im Gegensatz zu den anderen hatte er keine Haut, sondern ein schwarz-weißes Fell.

Auf der anderen Seite des Klassenzimmers schnappte ein Mädchen – eine Hübsche, die durch ihre übertriebene Kleidung leider etwas verunstaltet war – hörbar nach Luft; anscheinend hatte sie Dees Mäppchen erkannt.

Aber Mr Brabant gehörte nicht zu den Lehrern, die die Federmäppchen ihrer Schüler kannten. Er nickte nur und begann, die Anwesenheitsliste durchzugehen. Dee hieß mit Familiennamen Benedetti. Osei hatte also richtiggelegen – italienische Abstammung. Viele andere hatten geläufige amerikanische Nachnamen wie Cooper, Brown, Smith oder Taylor. Doch es gab auch zahlreiche Einwanderernamen: Fernandez, Korewski, Hansen, O'Connor. So unterschiedlicher Herkunft diese Namen auch waren, sein eigener, Osei Kokote, den Mr Brabant der Liste am Schluss hinzufügte, stach dennoch hervor.

Als der Lehrer ihnen den Rücken zuwandte, gab Osei Dee ihr Snoopy-Mäppchen zurück. Dann leerte er das Erdbeermäppchen. »Nimm du es«, flüsterte er und legte es ihr in den Schoß.

»Oh, wirklich? Bist du sicher?«, flüsterte Dee zurück.

»Ja.«

»Danke!« Sie strahlte und fing sofort an, ihre Stifte in das Erdbeermäppchen umzufüllen. Dann schob sie ihm den leeren Snoopy hin. »Lass uns tauschen.«

»Das musst du aber nicht.«

»Will ich aber.« Die eine Hand auf das Mäppchen von Oseis Schwester gelegt, hielt ihm Dee mit der anderen ihr Snoopy-Mäppchen hin. »Ich will, dass du meins nimmst.«

Und so nahm es Osei. Das Mädchen, das Dee gegenübersaß – kariertes Trägerkleid, mausbraunes, glattes Haar, schnurgerade geschnittener Pony –, beobachtete den Tausch fasziniert und konnte seine Entrüstung kaum verbergen. Als Osei es durchdringend anstarrte, senkte es den Blick und wurde rot.

»Das ist Patty«, sagte Dee. »Und das ist Duncan.« Sie nickte dem stämmigen Jungen zu, der Osei gegenübersaß und mit unterdrücktem Grinsen Blickkontakt zu Freunden an anderen Tischgruppen hielt. Osei fixierte auch ihn, und als sich ihre Blicke trafen, erstarb Duncans Grinsen.

Osei steckte seine Utensilien in Dees Mäppchen. Jetzt, da der Tausch besiegelt war, tat es ihm doch ein bisschen leid, etwas weggegeben zu haben, das seiner Schwester gehört hatte. Das Erdbeermäppchen hatte die Familie an so viele Orte begleitet und war auf allen Küchentischen, an denen Sisi ihre Hausaufgaben machte, immer ein vertrautes Bild gewesen. In den Sommerferien hatte sie es sogar mit nach Ghana genommen, wo die Töchter des Kochs, mit denen Sisi damals spielte, ganz versessen darauf gewesen waren. Eigentlich hätten *sie* es bekommen müssen, wobei sie inzwischen wahrscheinlich ohnehin zu alt waren, um sich noch über solche Dinge zu freuen. Trotzdem hatte er das Gefühl, ein kleines Stück Familiengeschichte zu verlieren.

Dee hatte angefangen, mit dem Zeigefinger die Erdbeeren zu umkreisen. Genauso wie früher Sisi. Osei schaute ihr gern dabei zu. Und als sie ihm ihr freundliches Gesicht zuwandte und ihn anlächelte, loderte das Feuer, das ihr erster Anblick in ihm entfacht hatte, wieder auf.

ZWEI

Erste große Pause

Verliebt, verlobt, verheiratet, geschieden,
wie viele Kinder werden Dee und O kriegen?

Als Blanca in die Pause kam, ging sie schnurstracks auf Mimi zu. In Mimis Kopf schwirrten noch das X und das Y herum, das ihnen Miss Lode an diesem Morgen nahezubringen versucht hatte. »Eigentlich fangt ihr ja mit Algebra erst in der achten Klasse an«, hatte sie verkündet. »Aber wir werden jetzt schon einige Aspekte behandeln, denn ich möchte nicht, dass meine Schüler dumm aus der Wäsche schauen, wenn zukünftige Lehrer mit dem Thema anfangen. Mr Brabant hat in seiner Klasse auch schon mit Gleichungen angefangen. Und ihr wollt doch nicht abgehängt werden.«

Es beunruhigte Miss Lode, dass die Klasse des erfahreneren Mr Brabant, in der so intelligente Schüler wie Patty, Casper und Dee saßen, weiter war als ihre. Wobei Mimi sie hätte beruhigen können, dass auch in Mr Brabants Klasse auf jede Patty eine Blanca kam: Blanca mit ihrem hautengen Oberteil und ihren rot verschmierten Lippen, weil sie im Unterricht unentwegt Kaubonbons naschte; auch jetzt roch ihr Atem noch nach künstlichem Kirscharoma, als sie sich auf Mimi stürzte. »Dee hat dem Neuen ihr Federmäppchen geschenkt! Ich hab ihn damit gesehen!«, platzte sie heraus.

»Was? Snoopy?« Wie die meisten Mädchen hatte Mimi die gesamte Garderobe und sämtliche Besitztümer ihrer Freundinnen detailliert im Kopf gespeichert, insbesondere das, was sie selbst gern gehabt hätte: Blancas gepunktete Flamencoschuhe, Dees Eulenkette, den leuchtend roten Regenmantel ihrer älteren Schwester. Sie wusste, wer die Partridge-Family-Brotdose hatte, die Bleistifte mit den kleinen Kobold-Radiergummis und den Smiley-Button. Auch wie Dees Mäppchen aussah, war ihr natürlich bestens bekannt, genauso wie Dee wusste, dass Mimis Mäppchen aus verwaschenem Jeansstoff war, mit einer Gesäßtasche darauf, in der ihre Freundin immer ein paar Minzbonbons verwahrte.

»Ich konnt's gar nicht glauben!« Blanca hatte Mimi einen Arm um die Schultern gelegt, als wären sie beste Freundinnen. Oft setzte sie eine Vertrautheit voraus, die die anderen Mädchen gar nicht empfanden.

Mimi entzog sich Blancas Umarmung. »Und was nimmt Dee jetzt als Mäppchen?«

Blanca zuckte die Achseln. »Keine Ahnung. Und dann sitzen die auch noch nebeneinander und haben die ganze Zeit geredet! Wetten, die haben unterm Tisch Händchen gehalten?«

»Hast du die Springseile mitgebracht?«

»Bringt Dee mit. Komm, wir warten auf dem Schiff.«

Das Piratenschiff war aus Holz, mit einer Kajüte und einem Deck, das so abschüssig war, als segelte das Schiff bei steifer Brise. Es gab einen hohen Mast und einen Ausguck, zu dem man über die Takelage oder an einer Strickleiter hochklettern konnte. Das Schiff war zu Ehren von Mrs Hunter gebaut worden, die nach fünfundzwanzig Jahren als Schulleiterin vor ein paar Jahren in den Ruhestand versetzt worden war. Oft legten sich die Mädchen nebeneinander auf das schräge Deck, stützten die Füße an die Kajütenwand und schauten, wer die größten Kaugummiblasen schaffte. Weil Kaugummi im Unterricht verboten war, stopften sie sich erst auf dem Schiff die Münder mit rosa, lila und rotem Big Buddy Bubble Gum voll. Nur Mimi konnte nicht mitmachen, weil das Kaugummi an ihrer Zahnspange hängenblieb.

Zwei Viertklässler, die gerade in der Takelage kletterten, suchten sofort das Weite, als sie Mimi und Blanca sahen. Seufzend ließ sich Mimi auf das Schiffsdeck sinken. »Nächstes Jahr sind *wir* wieder die Jüngsten auf dem Schulhof«, sagte sie, schloss die Augen und hielt ihr Gesicht in die Sonne. »Und auf der Junior High gibt es auf dem Schulhof überhaupt nichts mehr zum Spielen. Keine Schaukeln, keine Rutsche, kein Schiff. Wetten, dass die da nicht mal mehr seilspringen?«

»Stimmt. Aber das ist mir egal.« Blanca ließ den Kaugummi im Mund knallen und trommelte mit ihren langen, nackten Beinen gegen den Holzboden. »Ich hab diese Schule hier satt. Ich will neue Leute kennenlernen.«

Mimi lächelte mit geschlossenen Augen. »Du meinst neue Jungs.«

»*Dee* hat sich doch gleich den Neuen geschnappt. Ich weiß nicht, ob ich den nehmen würde.« Was so klang, als könnte sie ihn haben, wenn sie nur wollte.

»Warum denn nicht? Du weißt doch gar nicht, wie er ist.«

»Ja, schon, aber … es wäre komisch.«

Mimi machte die Augen wieder auf und sah Blanca an. »Was wäre komisch?« Genüsslich sah sie zu, wie Blanca um eine Antwort rang.

»Na ja, zum Beispiel, also … wie fühlen sich wohl die Haare von dem an? Sind die nicht … fettig oder so?«

Mimi zuckte mit den Schultern. »Ist das wichtig? Fasst du Caspers Haare an?« Blanca ging schon das ganze Jahr mit Casper oder auch nicht, eine On-off-Beziehung. Mimi wusste nicht genau, ob sie gerade im On oder im Off waren. In der Regel hing es davon ab, wie sehr Blancas Anhänglichkeit Casper auf die Nerven fiel; wobei die beiden, wenn sie im On waren, authentischer wirkten als alle anderen »Paare«, die es miteinander versucht hatten. Auf jeden Fall wirkten die beiden echter als Ian und sie.

»Es wäre trotzdem seltsam.« Blanca machte eine rosa Blase und ließ sie über ihren vollen Lippen zerplatzen.

»Vielleicht würde *er* ja finden, dass *du* seltsam bist!«

»Ich bin nicht seltsam! *Du* bist seltsam!«

Die Situation hätte leicht eskalieren können, doch da kam Dee, und beide richteten ihre Aufmerksamkeit auf die Freundin. »Wo sind die Seile?«, fragte Blanca.

»Oh, die habe ich ganz vergessen.« Dee wirkte ein wenig benommen, als hätte sie gerade noch geschlafen.

Blanca brach in lautes Gelächter aus. »Ich fass es nicht, dass du die Seile vergessen hast! Da ist jemand verlie-hiebt!«

Mimi warf einen Blick auf die Freifläche mit dem glatten Asphalt, wo sich schon drei Seilspring-Gruppen drängelten. Zwei davon waren Fünftklässler, die sie leicht vertreiben könnten. Doch schon hatte sich Dee gesetzt, und weder sie noch Blanca schienen erpicht darauf zurückzugehen und die Seile aus der Klasse zu holen. »Tut mir leid, dass ich so spät komme«, sagte Dee. »Ich habe O noch gezeigt, wo das Jungenklo ist.«

»O?«, wiederholte Mimi.

»Der Neue. Eigentlich Osei. Aber er hat gesagt, wir können ihn O nennen. Ich habe mich heute Morgen um ihn gekümmert. Wobei er das ja eigentlich nicht braucht, er ist es gewohnt: In den letzten sechs Jahren hat er vier Mal die Schule gewechselt.«

»Wie ist er denn so?«

»Richtig nett. Wirklich. Und schlau. Er kommt übrigens aus Ghana. Das hatte ich falsch verstanden. Habt ihr seinen Akzent gehört? Süß. Ich könnte ihm den ganzen Tag zuhören.«

Die hat's aber schlimm erwischt, dachte Mimi. »Und warum ist er jetzt hier?«

»Sein Vater ist Diplomat und wurde an die Washingtoner Botschaft versetzt.«

»Wieso jetzt? In einem Monat ist das Schuljahr vorbei. Es lohnt sich doch gar nicht, für so kurze Zeit hier der Neue zu sein. Bloß um dann im September gleich nochmal in einer neuen Schule anzufangen?«

»Er sagt, seine Eltern dachten, es wäre vielleicht gut, erst mal in eine kleinere Schule hineinzuschnuppern, und sei es auch nur für ein paar Wochen, damit er dann auf der Junior High schon ein paar Leute kennt.«

»Das ist doch verrückt«, warf Blanca ein. »Wer will denn zwei Mal der Neue sein?« Doch ihr Interesse verlor sich schon, denn sie hatte Casper entdeckt, der mit einem großen roten Gummiball am Schiff entlangging. »Willst du dich zu uns setzen, Casper?«

Casper lächelte; mit seiner lockeren Ausstrahlung, seinem blond gewellten, schulterlangen Haar und den himmelblauen Augen war er der mit Abstand bestaussehende Junge auf dem Schulhof. »Kann ich nicht – wir spielen Kickball. Wir sehen uns später.«

»Ich hoffe, dein Team gewinnt!«

Mimi warf Dee einen Blick zu, und beide verdrehten die Augen: Manchmal wirkte Blanca einfach nur dumm. Dee sah zum Eingang des Schulgebäudes hinüber. »Ich hoffe, O hat sich nicht verlaufen. Sonst kommt er zu spät, um mit den anderen Kickball zu spielen.«

Mimi zog eine Grimasse. Alles, was Dee sagte oder tat, würde sich von nun an auf den Neuen beziehen. Sie würde ihn bei jeder Gelegenheit erwähnen, begierig darauf, seinen Namen laut auszusprechen und sich seine Bedeutung, von der die anderen, Unwissenden nichts ahnten, auf der Zunge zergehen zu lassen; dass es ein Geheimnis war, trug natürlich ganz entscheidend zu diesem Genuss bei. Sogar Mimi hatte sich dazu verleiten lassen, Ians Namen nach ihrem Zusammensein am Fahnenmast häufiger auszusprechen, als sie es normalerweise getan hätte.

Und dann tauchte Osei auf; wie in Zeitlupe ging er am Piratenschiff entlang, drehte den Kopf zur Seite und lächelte Dee an, als wäre sie das einzige Mädchen auf dem ganzen Schulhof. Mimi fühlte sich vollständig ausgeschlossen; als stünde sie vor einem wunderschönen, von hohen Mauern umgebenen Garten. Am liebsten hätte sie leise gefaucht wie eine Katze. Ich muss versuchen, ihm gegenüber freundlich zu sein, ermahnte sie sich. Dee ist und bleibt meine Freundin, auch wenn sie in Zukunft nur noch Zeit mit ihm verbringt.

Sie schaute zu den Jungen, die auf der anderen Seite des Schulhofs wie Fliegen um Ian und Casper herumschwirrten. Kickball war eins der wenigen Spiele, die Jungen und Mädchen auch gemeinsam spielten, doch es gab ein ungeschriebenes Gesetz, das niemand in Frage stellte: In der ersten großen Pause spielten nur die Jungen; nachmittags durften die Mädchen mitmachen.

»Wetten, dass Ian O in seine Mannschaft holt?«, sagte Mimi. Es war ein Versuch, doch das Aussprechen von Ians Namen löste nichts bei ihr aus, während Dee jedes Mal, wenn sie den Namen des Neuen sagte, regelrecht erglühte. Obwohl Mimi erst seit drei Tagen mit Ian ging, wusste sie schon, dass sie die Sache möglichst schnell wieder beenden sollte. Wenn sie allerdings an ihren Vorsatz dachte, nach der letzten Unterrichtsstunde mit ihm Schluss zu machen, bekam sie Bauchschmerzen. Ian gehörte zu den Jungen, die so eine Kränkung nicht vergaßen; er würde auf eine Gelegenheit lauern, Rache zu üben, wenn nötig jahrelang. Vielleicht sollte Mimi lieber darauf warten, dass er *sie* satt bekam. Doch wie lange konnte das dauern?

Dass sie mit ihm ging, hatte ihr bisher an guten Dingen nur eins gebracht: das wunderbare Gefühl, um den Fahnenmast zu fliegen. Daran dachte sie immer noch. Wenigstens diesen Moment der Freiheit hatte er ihr geschenkt, ganz gleich, was er nun an Gefühlen bei ihr auslöste.

»Oder Casper holt O in seine Mannschaft«, sagte Dee.

»Ihr wollt doch jetzt nicht hier rumsitzen und den Jungen beim Kickball-Spielen zugucken, oder?«, beschwerte sich Blanca. »Wie langweilig ist das denn! Da gucke ich lieber beim Seilspringen zu.« Sie kletterte vom Schiff und ging zu den seilspringenden Mädchen. Blanca war ziemlich gut darin, sich reinzudrängeln; sie würde bald an die Reihe kommen. Mimi schaute ihr nach. Die Versuchung mitzugehen war groß.

»Findest du nicht auch, dass O einen wunderschön geformten Kopf hat?«, sagte Dee. »Und seine Augen – wenn er dich ansieht, dann sieht er dich *richtig* an.«

»Ist mir nicht aufgefallen.« Es *war* Mimi aufgefallen. »Blanca hat mir gesagt, du hättest ihm dein Snoopy-Mäppchen gegeben.«

»Ja, wir haben getauscht. Dafür habe ich von ihm ein rosa Mäppchen bekommen, mit ganz vielen Erdbeeren drauf. Das ist richtig süß, es gefällt dir bestimmt auch. Und so großzügig von ihm.«

Mimi überlegte, sie darauf hinzuweisen, dass Tauschen nicht unbedingt ein Akt der Großzügigkeit war, denn auch er hatte ja etwas bekommen, doch sie verkniff es sich. Langsam stand sie auf. Beim Seilspringen zuzuschauen, war eindeutig besser, als sich Dees Schwärmereien anzuhören.

»Geh nicht.« Dee legte eine Hand auf Mimis Arm. »Ich glaube wirklich, dass du O mögen wirst. Heute Morgen sollten wir in Erdkunde auf Länderkarten aus der ganzen Welt Hauptstädte eintragen, das habe ich mit ihm zusammen gemacht. Er war unglaublich schnell und hatte alles richtig. Wusstest du, dass er mal in Rom gelebt hat? Und in London. Und in Accra, also in Ghana, und jetzt hier. In vier Hauptstädten hat er schon gelebt! Plus New York.«

»Spricht er Italienisch?« Unwillkürlich war Mimis Interesse erwacht.

»Das habe ich ihn nicht gefragt, mache ich aber, wenn du willst. Ich bin so froh, dass er hier ist. Noch nie habe ich einen Jungen so gemocht.«

»Dee, er ist ein Schwarzer.« Vor unterdrücktem Ärger hatte Mimis Satz schroffer geklungen als eigentlich beabsichtigt, aber sie wollte ihre Freundin wachrütteln – und sie vielleicht auch ein bisschen dafür bestrafen, dass sie Mimi wegen eines Jungen im Stich ließ.

Dee schnaubte. »Ja und?«

»Ja und! Ist dir das egal?«

»Warum sollte es mir nicht egal sein?«

»Weil er anders ist als wir. Er fällt auf.« Mimi wusste nicht genau, warum sie das sagte; sie war sich nicht einmal sicher, ob sie es wirklich glaubte. Und ihr war bewusst, dass sie fast genauso geklungen hatte wie Blanca vor ein paar Minuten. Doch sie blieb dabei: Sie wollte ihre Freundin vor dem warnen, was ihrem Gefühl nach geschehen würde. »Die anderen werden sich über dich lustig machen. Dee geht jetzt mit einem Affen, werden sie sagen. Ich natürlich nicht, aber die anderen.«

Dee starrte sie an. »Willst du mich auf den Arm nehmen? Etwas anderes fällt dir dazu nicht ein? Du willst mir sagen, dass er zu *anders* ist, um mit ihm zu gehen?«

»Nein, ich … Vergiss es. Ich bin deine beste Freundin, ich will nur nicht, dass du verletzt wirst – nicht durch *ihn*, aber …«

»Er heißt Osei, Mimi. Warum sagst du nicht seinen Namen?«

»Okay, *Osei*. Er scheint ziemlich nett zu sein. Aber du kriegst einen Riesenärger, wenn du mit ihm gehst. Was wird deine Mutter sagen? Die kriegt einen Anfall!«

Bei dem Gedanken an ihre Mutter wurde Dee erst blass und reagierte dann mit Trotz. »Mir ist egal, was meine Mutter und die anderen denken. Und ich mag ihn, *weil* er anders ist.«

Inzwischen hatten die Jungen ihre Mannschaften gebildet und angefangen zu spielen. Dee ließ Osei, der im hinteren Teil des Spielfelds stand, nicht aus den Augen. »Weißt du«, fügte sie hinzu, »ich hätte dazu, dass du jetzt mit Ian gehst, auch etwas sagen können, aber das habe ich nicht getan.«

Eigentlich habe ich es nicht anders verdient, dachte Mimi und sagte: »Es tut mir leid. Ich wollte nur helfen. Sei mir nicht böse.«

»Bin ich nicht. Ich *könnte* dir böse sein, weil man das, was du gesagt hast, als beleidigend auffassen könnte – sowohl für mich als auch für Osei. Aber ich weiß, dass du es nicht so meinst. Mach dir also keine Sorgen, ich kann auf mich selbst aufpassen.« Überzeugend klang diese altkluge Ansage nicht, eher herablassend. Doch Mimi nickte, erleichtert, dass ihre Freundin nicht beleidigt war. Dafür war Dee ohnehin viel zu verknallt.

Als sie sich abwandte und sah, wie Ian dem ersten Angreifer den Ball zurollte, spürte Mimi die wachsende Anspannung in ihrem Kopf und ihrem Bauch. Früher oder später musste das alles raus.

*

Als die Klingel die große Pause ankündigte, war Osei erleichtert. Eigentlich war ja das Klassenzimmer der sicherere Ort – hier hatte er seinen Platz an dem ihm zugewiesenen Pult, hatte seine Aufgaben, und vor allem hatte er Dee, die auf ihn achtgab. Trotzdem war der Raum nach anderthalb Stunden beklemmend, und er brauchte frische Luft, was auch immer der Schulhof an Gefahren barg.

Sein neues Klassenzimmer war so wie die anderen, in denen er Schüler gewesen war – insgesamt vielleicht ein bisschen aufgelockerter als in den englischen und italienischen Schulen. Die Wände waren mit Arbeiten der Schüler zugepflastert: ein Kunstprojekt, bei dem sie Selbstporträts gemalt hatten, Plakate über Photosynthese, Pandas, Australien und Martin Luther King. Auf den Fensterbänken lagen Gesteinsbrocken: Quarz, Marmor, Granit, Lava. Und es gab eine ganze Wand zum Thema der Apollo-Missionen sowie eine Leseecke mit Sitzsäcken und Kissen, in die man durfte, wenn man seine Arbeit erledigt hatte. Dort hingen auch Poster mit dem Peace-Zeichen und dem Yellow-Submarine-Cover der Beatles. Dee erklärte im Flüsterton, eine Lehrerin im Praktikum habe die Ecke eingerichtet, aus Begeisterung für die Idee eines »offenen Klassenzimmers«, aber Mr Brabant halte nichts davon. Hinter ihrem Rücken bezeichne er die Frau als Hippie und Radikale, und sie dürften die Sitzecke auch nur an den Nachmittagen benutzen, an denen die Praktikantin da sei.

Wie ein strammer Soldat saß Mr Brabant vor der Klasse hinter seinem Pult, was auch die Schüler dazu brachte, still und aufrecht dazusitzen. Er trug stets Anzug und Krawatte und machte einen sachlichen, nüchternen Eindruck. Was Osei bei Lehrern eigentlich ganz lieb war; wenn sie streng waren, wusste man wenigstens, woran man war. Zu Missverständnissen kam es immer dann, wenn sie versuchten, mit Schülern gut Freund zu sein. Wobei Mr Brabants kühler Blick ziemlich argwöhnisch war, als wartete er nur darauf, dass Osei etwas tat, wofür er ihn bestrafen könnte. Aber diese Art von Drill war Osei vertraut; er würde sich vorsehen müssen.

Als Mr Brabant Oseis Schreibutensilien abgefragt und Dee heimlich das Mäppchen mit ihm getauscht hatte, gab der Lehrer der Klasse ein Signal, worauf sich alle Schüler erhoben und den Blick auf die Ecke neben der Tür richteten, wo die amerikanische Flagge hing. Die rechte Hand auf die linke Brustseite gelegt, begannen sie zu rezitieren: »Ich schwöre Treue auf die Fahne der Vereinigten Staaten von Amerika …« Dee warf ihm einen Blick zu, und Osei sah ihre Erleichterung, als er wie die anderen den Eid aufzusagen begann. Es gelang ihm, ein Lächeln zu unterdrücken, das in diesem feierlichen Moment deplatziert gewesen wäre. In keiner Schule außerhalb von Amerika hatte er jemals an einem so patriotischen Akt teilnehmen müssen, wobei er in London bei einem Cricketmatch im Lord's immerhin einmal zusammen mit seinem Vater »God Save the Queen« gesungen hatte. Niemand stellte den Fahneneid je in Frage – bis auf das kleine Grüppchen von Schülern seiner New Yorker Schule, die sich darüber beschwert hatten, »eine Nation unter Gott« sagen zu müssen, weil dies ihre Bürgerrechte als Atheisten verletze. Osei hielt während der ganzen Debatte schön den Mund; auf noch mehr ungute Aufmerksamkeit konnte er verzichten. Außerdem wäre seine Mutter in Tränen ausgebrochen, wenn sie gehört hätte, dass sich ihr Sohn als Atheist bezeichnete (nachdem er in Erfahrung gebracht hatte, was das eigentlich war). Beim Thema Gott war er sich nicht so sicher; in der Kirche machte Gottes Existenz ja durchaus Sinn, doch wenn Osei außer Sichtweite der Schule festgehalten und verprügelt wurde, fragte er sich schon, wo Gott eigentlich war.

Später erzählte er Sisi, was die Atheisten gesagt hatten. »Wenn die was über Bürgerrechte wissen wollen«, knurrte seine Schwester, »sollen sie dich mal fragen.« Damals steckte sie mitten in der Phase, in der sie versuchte, nicht mehr wie eine Afrikanerin, sondern wie eine schwarze Amerikanerin zu reden, freier in der Grammatik, mit hellerer Stimme und gedehnteren Vokalen. Osei war dazu noch nicht bereit gewesen, obwohl er, wenn er wollte, durchaus wie ein Amerikaner klingen konnte. Weil sie die ersten Lebensjahre und dann jeden Sommer in Ghana verbracht hatten, konnten sie – im Gegensatz zu ihren Eltern – den afrikanischen Akzent per Knopfdruck an- und abschalten. Was manchmal durchaus praktisch war.

Osei hatte sich vorgenommen, an der neuen Schule in Washington das Afrikanische stärker zu betonen. Irgendwie wirkten Afrikaner auf Weiße weniger bedrohlich. Natürlich nicht immer. Doch er spürte bei den Weißen schon eine gewisse Angst vor den schwarzen Amerikanern, die wiederum Wege fanden, diese Angst zu ihrem Vorteil zu nutzen. Wahrscheinlich der einzige Vorteil, den sie hatten.

Nach dem Fahneneid bekam Dee von Mr Brabant ein rot-weiß-blaues Stoffdreieck ausgehändigt, und sie verschwand mit einem anderen Mädchen, nachdem sie Osei noch schnell »Muss die Flagge hissen, bin gleich zurück« zugeflüstert hatte. Osei hatte keine Ahnung, was sie damit meinte, doch als sie fort war, überkam ihn ein Gefühl von Schutzlosigkeit. Das Flüstern und Kichern versuchte er zu ignorieren. Ihm gegenüber saß Patty und lugte verstohlen unter ihren Ponyfransen hervor; ihr Tischnachbar Duncan schaute ihn unverhohlener an, wenn auch etwas ratlos, als suchte er nach einer Idee für einen guten Witz über den Neuen und wüsste jetzt schon, dass er dafür nicht einfallsreich genug war.

Osei hätte es nicht zugegeben, doch er war erleichtert, als Dee sich wieder neben ihn setzte.

Obwohl Mr Brabant streng war, erlaubte er Dee, dass sie Osei den ganzen Vormittag mit leiser Stimme Dinge erklärte. Sie gehörte eindeutig zu Mr Brabants Lieblingen. Osei war noch nie Liebling eines Lehrers gewesen, denn die Lehrer wussten nicht, was sie von ihm halten sollten. Er war durchaus gewissenhaft: erledigte seine Hausaufgaben, passte im Unterricht auf, benahm sich nicht daneben. Aber er meldete sich nicht viel, schrieb keine auffallend guten Aufsätze, malte keine besonders schönen Bilder, las keine ungewöhnlich schwierigen Bücher. Und durch die vielen Umzüge brachen immer wieder Wissenslücken auf, die ihn ins Straucheln brachten. Er war kein brillanter, alles in allem aber ein guter, verlässlicher Schüler.

Wahrscheinlich waren Oseis Lehrer erleichtert, dass er weder als Überflieger noch als Angeber oder Versager auffiel; das vermutete er jedenfalls. Einige von ihnen waren eindeutig auf dieses oder jenes Fehlverhalten gefasst. Ein schwieriger schwarzer Schüler hätte manche verunsichert, während andere vielleicht genau darauf warteten, um ihn bestrafen zu können. Manchmal überraschte er sie, wenn er in Mathe in einem unangekündigten Test die Gesamtpunktzahl erreichte oder wusste, dass Bronze aus Zinn und Kupfer hergestellt wurde und Berlin durch eine Mauer geteilt war. In ihren Gesichtern sah er den Verdacht, dass er irgendwie geschummelt haben könnte, dabei hatte er viel von seinem Wissen einfach aufgeschnappt, wenn Sisi ihre Hausaufgaben machte.

Immer wieder kam es aber auch vor, dass er bei den einfachsten Dingen ins Schleudern geriet: Er wusste nicht, wer die beiden wichtigsten Generäle im amerikanischen Bürgerkrieg waren, wie der Mörder von Abraham Lincoln hieß oder dass ein Mann namens John Hancock eine sehr große, markante Unterschrift gehabt hatte. Seine Methode des schriftlichen Dividierens war britisch und unterschied sich deutlich von der amerikanischen – wenn er auch immer zu denselben Ergebnissen kam. Sobald Osei Fehler machte, sah er das leise Nicken der Lehrer und spürte, dass sie sich insgeheim freuten. Denn dies entsprach ihren Erwartungen: ein Schwarzer, der es vermasselte.

Irgendwann im Laufe des Vormittags erhoben sich alle Schüler und Osei mit ihnen. In der Tür stand eine Frau mittleren Alters. Sie hatte eine graue Helmfrisur, trug ein dunkelgrünes Kostüm und einen dicken Strang falscher Perlen um den Hals. Sie strahlte Autorität aus, und Osei wusste, es konnte nur die Schulleiterin sein, die gekommen war, um einen Blick auf ihn zu werfen.

»Mrs Duke«, flüsterte Dee.

»Guten Morgen, alle zusammen«, sagte die Frau.

»Guten Morgen, Mrs Duke«, wiederholte die Klasse in dem leiernden Singsang, den Osei aus allen Schulen kannte.

»Ihr dürft euch setzen. Ich bin hier, um unseren neuen Schüler zu begrüßen, Osei Kokote.« Den Nachnamen sprach sie richtig aus, doch seinen Vornamen verunstaltete sie zu einem angestrengten »Oss-Ei«. Osei hatte nicht die Absicht, sie zu korrigieren.

»Oss-Ei ist aus Ghana, stimmt das, Oss-Ei?« Ihr Blick landete knapp über seinem Kopf.

»Ja, Madam«, erwiderte er mechanisch.

»Mrs Duke«, flüsterte Dee.

»Nun, Oss-Ei, möchtest du vielleicht aufstehen und uns etwas über Ghana erzählen?« Was eindeutig keine Frage war, sondern ein Befehl.

»Ja, Mrs Duke.« Osei erhob sich. Er war nicht so nervös, wie man hätte vermuten können. Es war ja nicht das erste Mal.

»Ghana ist ein Land in Westafrika«, fing er an. »Es liegt zwischen Togo und der Elfenbeinküste, mit einem Stück atlantischem Küstenstreifen. Das Land hat neun Millionen Einwohner. Seine Hauptstadt heißt Accra, und dort bin ich geboren. Das Land war eine Kolonie Großbritanniens, bis es 1957 seine

Unabhängigkeit erklärte – genauso wie Amerika im Jahr 1776.« Letzteres hatte er hinzugefügt, weil er die irritierten Gesichter seiner Mitschüler sah. »General Acheampong führte 1972 einen Staatsstreich durch und wurde Staatsoberhaupt.« Osei erinnerte sich an die angespannte Atmosphäre, als sie in jenem Sommer nach Ghana gereist waren – am Flughafen Panzer und Soldaten mit Maschinengewehren. Sie waren nicht in Accra geblieben, sondern gleich weitergefahren ins Dorf seines Großvaters, wo alles wie immer war.

Die Verwirrung wuchs. Einen »Staatsstreich« hatten die USA noch nie erlebt, woher sollten die Schüler also wissen, was das war? Rasch wandte sich Osei wieder vertrauteren Themen zu. »Ghana hat ein tropisches Klima: Es ist das ganze Jahr über warm, und es gibt eine Regenzeit im Frühjahr und eine im Sommer. Die wichtigsten Erzeugnisse des Landes sind Kakao, Gold und Öl.«

Er hielt inne und schaute zu Mrs Duke. Wollte sie, dass er fortfuhr? Er hasste es, sein lebensprühendes, kompliziertes Land auf ein paar fade Sätze zu reduzieren. Doch er wusste, dass nichts anderes von ihm erwartet wurde.

Die Klasse schwieg. Mr Brabant schaute stirnrunzelnd aus dem Fenster. Nur Mrs Duke lächelte zufrieden »Sehr gut, Oss-Ei. Das war sehr gut verständlich. Ich sehe es immer gern, wenn ein Schüler an unserer Schule die Gelegenheit hat, anderen etwas über die Welt beizubringen.« Sie wandte sich an die Klasse. »Ich hoffe, ihr werdet Oss-Ei willkommen heißen, damit er sich für den verbleibenden Monat hier wohlfühlt.«

Hätte sie es doch nur dabei bewenden lassen.

»Vielleicht hat er in der Vergangenheit nicht die Möglichkeiten gehabt, in deren Genuss ihr an unserer Schule kommt. Deshalb hoffe ich, dass ihr ihm die Chance gebt, an dem teilzuhaben, was wir hier auch weniger begünstigten Schülern anbieten können.«

Bei diesem letzten Satz musste Osei die Zähne zusammenbeißen. Mrs Dukes Bemerkung erinnerte ihn an »Nach dir, mein lieber Alphonse«, eine Kurzgeschichte von Shirley Jackson, in der eine Mutter ihre ganzen Vorurteile gegen Schwarze erkennen lässt, als ihr Sohn einen schwarzen Freund mit nach Hause bringt. Vor nicht allzu langer Zeit hatte in New York eine wohlmeinende Lehrerin den Text mit Oseis Klasse gelesen in der Annahme, dass die Schüler alt genug für dieses Thema seien und die Lektüre dem »Miteinander« guttun würde. Stattdessen war das Unbehagen ihm gegenüber noch Wochen später zu spüren gewesen.

Die Schulleiterin nickte Mr Brabant zu. »Danke, Sie können den Unterricht fortsetzen.« Und damit ging sie und ließ eine Wolke ihres süßlichen, blumigen Parfüms zurück.

Als es klingelte und Dee »große Pause« flüsterte, atmete Osei die ganze Luft aus, die er unbewusst angehalten hatte. Trotzdem hatte er es nicht eilig hinauszugehen und ließ sich von Dee erst noch zeigen, wo die Toiletten waren. Obwohl er ihr versicherte, dass er den Weg zum Schulhof finden würde, schien sie ihn nicht allein lassen zu wollen. »Deine Freundinnen warten bestimmt schon auf dich«, sagte er.

Dee zuckte mit den Schultern. »Die können ruhig warten.«

»Sie werden über dich reden.«

Sie lachte.

»Wirklich«, sagte er schließlich. »Ich komme zurecht. Bitte geh.«

Dee errötete, doch sie ging, und kaum war sie fort, wünschte sich Osei, sie wäre geblieben. Es war schmeichelhaft, so viel Aufmerksamkeit zu bekommen.

Zu seiner Erleichterung waren die Toiletten leer, doch statt sich vor die Urinale zu stellen, verschwand er – für den Fall, dass doch noch jemand kam – lieber in einer der Kabinen; dann musste er wenigstens nicht ertragen, wie mit Stielaugen begutachtet wurde, was da untenherum farblich und auch sonst so bei ihm los war.

Für einen Neuen war der zweite Gang auf den Schulhof immer schwieriger als der erste, bei dem ihm in der Regel noch der Überraschungseffekt half, den sicheren Ankerplatz seines Pults zu erreichen.

Als Osei auf den Schulhof trat, wusste er, dass man bereits darauf wartete, ihn auf Schritt und Tritt zu beobachten und ihm deutlich zu machen, wie anders er war.

Das alles hatte nicht die geringste Ähnlichkeit mit dem Gefühl, das er hatte, wenn er im Sommer mit der Familie in Accra landete und ihm nach dem Flug eine feuchte Hitze entgegenschlug, die sofort Schweißperlen auf seine Kopfhaut trieb. Neben dem Chaos aus Menschen und Autos, dem allgegenwärtigen Hupen, den Taxifahrern, die zischend auf sich aufmerksam machten, dem auf- und abwogenden Stimmengewirr und dem Getöse und Geschrei einer Gesellschaft, die ihre Gefühle nicht unterdrückte, nahm Osei jedes Mal noch etwas anderes wahr, das sehr viel tiefer ging: die Erleichterung, unter Menschen zu sein, die aussahen wie er, ihn nicht anstarrten und wegen seiner Hautfarbe kein Urteil über ihn fällten. Natürlich würden auch sie wegen anderer Dinge bald Urteile fällen – Menschen wollten immer vergleichen: Kleidung, Geld, Schulbildung, was der Vater machte, wie man redete, wohin man in Urlaub fuhr, wie man die Haare trug. Doch dieses erste, unmittelbare Gefühl, dazuzugehören und anonym zu sein zwischen ähnlichen Hauttönen, war etwas, das Osei jeden Sommer genoss und dann ein Jahr lang vermisste.

Nun stand er also auf dem Schulhof und sah, wie sich blaue Augen auf ihn richteten, Gespräche erstarben und die Luft so dünn wurde, dass sich alles in größter Schärfe auf ihn zu fokussieren schien.

Allerdings nicht lange. Wie so oft schon rettete ihn der Sport. Wenn es um Bälle, Tore und Teams ging, war sich Osei seiner Sache sehr viel sicherer als bei Stundenplänen, Überraschungstests und Zeitleisten amerikanischer Geschichte. Sport war eine Sprache, die er fließend beherrschte, weil sie ihn nicht bei jedem Umzug zwang, Wissenslücken zu stopfen.

Cricket und Softball unterschieden sich zwar, doch die Bewegungen – Bälle fangen, rennen, Schläger schwingen – waren im Prinzip die gleichen.

Die Jungen der sechsten Klassen hatten begonnen, sich auf einer Seite des Schulhofs zu sammeln, um Kickball zu spielen. Für Osei war es das Beste, sich ihnen anzuschließen, das wusste er; mitmachen war sicherer, als allein bleiben. In Ghana und Rom hatte er Fußballspielen gelernt, in London Cricket, in New York Softball und Basketball. Kickball hatte große Ähnlichkeit mit dem amerikanischen Baseball und dem englischen Schlagball; es gab Bases und Runs, Außenfeldspieler und einen Pitcher, der einem hier allerdings einen roten, luftgefüllten Gummiball von der Größe eines Basketballs zurollte; man trat mit dem Fuß dagegen und rannte los. Es war nicht ganz einfach, so einen elastischen Ball ernst zu nehmen, und das Kicken sah ein bisschen albern aus. Doch es machte Spaß, und man musste weder beim Kicken noch beim Fangen des Balls richtig gut sein. Jeder hatte die Chance, mal gut zu spielen. Sogar amerikanische Mädchen spielten Kickball, während Osei in Italien und England kein einziges Mädchen gesehen hatte, das Fußball spielte.

Das Spiel selbst beunruhigte ihn nicht, aber das Aufstellen der Mannschaften war wie die kalte Dusche, die man hinter sich bringen musste, um ins warme Schwimmbecken zu gelangen. Wahrscheinlich würde er bis zum Schluss übrigbleiben, weil er eine unbekannte Größe war und keine Allianzen hatte, auf die er bauen konnte. Es war demütigend, dort zu stehen, während die anderen nach und nach ausgewählt wurden, bis außer ihm nur noch ein oder zwei Jungen keine Mannschaft hatten: die Schwachen, die Kranken, die Außenseiter. Die Schwarzen. In der Regel fixierte Osei einen Punkt in der Ferne, um das Grinsen und – noch schlimmer – die mitleidigen Blicke nicht ertragen zu müssen. Wenn die Mannschaftskapitäne Erbarmen hatten, fackelten sie am Ende nicht lange und teilten den Ausschuss zügig untereinander auf.

Manchmal ließ sich ein Kapitän jedoch Zeit, die Übriggebliebenen zu mustern, zu lachen und abfällige Bemerkungen gegenüber seinen Teamkollegen zu machen, und dann stand Osei mit geballten Fäusten da und hörte die Stimme seiner Mutter: »Keine Gewalt, Osei. Prügeleien sind keine Lösung.« Nicht immer hörte er auf sie.

Heute stellte er sich gleich zu den Losern, um zusammen mit ihnen resigniert auf die Schlussphase zu warten. Wenigstens gab es diesmal in der Ferne etwas Schönes zu sehen: Auf dem Piratenschiff saß Dee mit ihren Freundinnen und lächelte ihm zu.

Während er noch dabei war, ihr Lächeln zu erwidern, spürte er, dass er angestupst wurde. »He, du«, sagte der untersetzte Junge, der neben ihm stand. »Ian will dich.«

Überrascht schaute Osei auf. Die beiden Kapitäne Casper und Ian hatten bereits je einen Spieler ausgewählt und starteten in die zweite Auswahlrunde. Ian war der Junge, der Osei vorhin gesagt hatte, bei welcher Klasse er sich aufstellen sollte. Der Argwohn in Ians schiefergrauen Augen machte es schwierig, ihn zu beurteilen. Osei kannte diesen Blick, die unmerklich gesenkten Lider; manchmal machte er das auch, aus Selbstschutz. So wie jetzt.

»Du – wie heißt du?«, fragte Ian.

Osei zögerte. Ich wurde nach Ashanti-Königen benannt, hätte er am liebsten gesagt, mein Name bedeutet »von edler Geburt«. Doch er verbiss es sich, obwohl er stolz auf seinen Namen war. Gerade weil er stolz darauf war, musste er ihn vor Spaßvögeln und Schulhof-Rabauken schützen. »Nennt mich einfach O«, sagte er.

»Hast du schon mal Kickball gespielt, O?«

»Ja – in New York.«

Stille trat ein. Osei war schon mehrmals aufgefallen, dass die Erwähnung New Yorks bei den Bewohnern anderer Städte ehrfürchtige Reaktionen auslöste: New York war in ihren Augen gigantisch und gefährlich. Er würde ihnen nicht sagen, dass er eine beschauliche Privatschule – auch sie komplett weiß – und keine der ruppigeren öffentlichen Schulen besucht hatte. Casper, der andere Kapitän, nickte respektvoll. Auch diesen Typ Jungen kannte Osei. Er hatte etwas von einem blonden David Cassidy aus der Partridge-Familie; in Sisis Zimmer hatte jahrelang sein Poster an der Wand gehangen, ehe sie es gegen Malcolm X austauschte.

»Gut«, sagte Ian schließlich und gab Osei mit einer Kopfbewegung ein Zeichen, zu ihm zu kommen.

»Was hat der vor?«, murmelte der untersetzte Junge seinem Nachbarn zu, während Osei befangen zu Ians Team ging und dabei fünfzehn Augenpaare auf sich spürte.

Erst als er angekommen war, sagte Ian: »Schwarze sind ja gute Sportler, stimmt's?«

Die anderen Jungen pfiffen durch die Zähne und lachten.

Osei verzog keine Miene, schlug nicht zu, ging nicht weg. Hier war einer, der ehrlich sagte, was er dachte. Er war fast erleichtert, dass jemand das Vorurteil offen aussprach. Jetzt konnte auch er offen sein. »*Dieser* schwarze Junge. Ja, der schon«, sagte er.

Wie der Teufel würde er auf diesen Ball eindreschen müssen.

Weil Ians Mannschaft den Münzwurf verlor, musste sie als erste verteidigen. Ian teilte keine Positionen zu, aber Osei ging sofort Richtung Außenfeld, wo weniger los war; er wollte sich nicht gleich in exponierteren Positionen hervortun. Lieber erst einmal mit den Versagern hinten im hohen Gras warten, bis das erste Spiel vorbei war.

Wie beim Baseball gab es auch beim Kickball vier Bases, also vier Ecken, die abgelaufen werden mussten, um einen Run zu gewinnen. Der Ball wurde im Gegensatz zum Baseball nicht ins Spiel geworfen, sondern gerollt und musste nicht geschlagen, sondern mit dem Fuß ins Feld gekickt werden. Dann rannte der Kicker los, um eine Base zu erreichen. Wenn die Feldspieler den Ball fangen und zur Base werfen konnten, bevor der

Läufer dort ankam, kassierte sein Team ein Out, und der Spieler musste aufhören. Ein Out gab es auch dann, wenn man vor Erreichen der Base abgeworfen oder mit dem Ball berührt wurde oder wenn man einen Ball so geschossen hatte, dass ihn ein Feldspieler direkt aus der Luft fangen konnte. Wenn ein Team drei Outs bekommen hatte, durfte das andere Team angreifen. Wer die meisten Runs gewann, war Sieger.

Ein Junge namens Rod fing an. Er schoss den Ball so flach und hart, dass er zwischen der ersten und zweiten Base durchrollte, direkt auf den tollpatschigen Außenfeldspieler links von Osei zu. Ungeschickt grapschte er nach dem Ball und schleuderte ihn dann so verzweifelt von sich weg, dass er statt zum Innenfeld in Oseis Richtung flog. Bis Osei ihn gefangen und zur zweiten Base geworfen hatte, war Rod schon dort. Die Mannschaft stöhnte, und von Ian kam ein lautes »Los, jetzt!«, aber wenigstens war das alles nicht auf Osei gemünzt. Er hätte ja auch nichts besser machen können.

Den Ball berührt zu haben, tat ihm jedenfalls gut. Immer wuchs mit dem ersten Ballkontakt sein Selbstvertrauen.

Der nächste Spieler kickte den Ball so kurz und hoch, dass ihn Ian mühelos aus der Luft fangen konnte: Out. Von nun an taten die Jungen der angreifenden Mannschaft, was jeder vernünftige Spieler getan hätte: Sie zielten bewusst auf den tollpatschigen Jungen neben Osei. Beim ersten Mal so, dass der Ball links von dem Jungen landete – zu weit von Osei entfernt, um einzuspringen – und der erste Baseman hinrennen musste. Rod schaffte es bis zur dritten Base und der Kicker bis zur ersten. Der nächste Ball jedoch kam in hohem Bogen und mit einigem Elan auf den Jungen zugeflogen. Mit ausgebreiteten Armen blickte er ihm entgegen, als hoffte er auf das Wunder, plötzlich doch noch sportliche Talente an sich zu entdecken und genau im richtigen Moment die Arme um den Ball zu schließen. Osei hätte ihn wegschubsen und den Ball selbst fangen können – Zeit dafür hätte er reichlich gehabt. Doch das tat er nicht. Er wollte den anderen nicht über den

Haufen rennen, zumal es wahrscheinlich keinem von beiden gedient hätte. Also lief er nur hin, hielt sich bereit und sah zu, wie dem Jungen der Ball durch die Arme rutschte. Schnell hob er ihn auf und warf ihn hart zur zweiten Base, wo es dem Baseman noch gelang, den Kicker damit zu berühren. Zweites Out, auch wenn Rod es bis zum Homeplate geschafft und einen Punkt gemacht hatte.

Casper, der sich zum Kicken aufstellte, war nun der einzige Spieler, der laufen würde. Bei manchen Leuten weiß man, dass sie ihre Sache gut machen werden, selbst wenn man sie noch nie in Aktion gesehen hat. Osei und die anderen Feldspieler wichen respektvoll einige Schritte zurück, denn sie wussten, dass er weiter schießen würde als alle vor ihm. Und dabei war er auch noch fair: Er würde nicht den schwachen Spieler aufs Korn nehmen. Osei schaute kurz zum Piratenschiff hinüber und sah, dass die Mädchen Casper beobachteten; dass ein anderer die ganze Aufmerksamkeit bekam, selbst so ein netter Typ wie Casper, versetzte ihm doch einen kleinen Stich. Ian rollte Casper den Ball zu, Casper trat kräftig dagegen und schoss ihn so hoch in die Luft, dass er in einem weiten Bogen mit viel Drall auf Osei zuflog. Der musste ihm nur einen Schritt entgegengehen, und schon landete der Ball zwischen seinen Armen und donnerte gegen seine Brust, doch er konnte ihn halten, und Caspers Mannschaft bekam das dritte Out.

Oseis Teamkameraden schrien begeistert auf. »Wei-ter-so-O!«, rief jemand. Dann brachte Osei den Ball zu Ian, der ihm zunickte, und er hörte, dass sein Name gerufen wurde: In der Ferne jubelten ihm die Mädchen zu. Für einen kurzen Moment vergaß Osei seine schwarze Haut und war nur noch der strahlende Held des Schulhofs.

»Gut gefangen«, sagte Casper im Vorbeigehen. Nicht ein Hauch von Eifersucht oder Sarkasmus schwang mit; er meinte es so. Seine Ehrlichkeit und sein natürliches Selbstvertrauen waren sympathisch – und weckten bei Osei dennoch oder gerade deshalb den Wunsch, ihm bei nächster Gelegenheit ein Beinchen zu stellen.

Er ging nicht davon aus, dass er, bloß weil er einmal einen Ball gut gefangen hatte, gleich zum Star der Mannschaft avancieren und dass Ian ihn nun auf einer der besten Positionen antreten lassen würde; als vierter oder fünfter Kicker, wenn vielleicht schon an jeder Base ein Läufer stand und man mit einem guten Schuss mehrere Runs gewinnen konnte.

Und das tat Ian auch nicht. »Werfen und fangen kannst du anscheinend«, sagte er, als sich das Team am Homeplate versammelt hatte. »Aber kannst du auch schießen?« Er sah Osei aus seinen trüben grauen Augen an, die so eng zusammenstanden, dass einem ganz seltsam zumute wurde, wenn man hineinsah. Dann zeigte er auf das Homeplate, und Osei begriff, dass er als Erster schießen sollte.

Verrückt war diese Taktik nicht. Wenn man nicht wusste, wie gut ein Spieler war, konnte man ihn gleich zu Beginn schießen lassen, damit die Mannschaft, falls er ausschied, trotzdem noch die Möglichkeit hatte, Punkte zu machen. Wenn allerdings der erste Spieler den Ball richtig weit schoss, war das natürlich die reinste Verschwendung, weil der Schuss außer seinem eigenen Run keine weiteren Punkte brachte.

Doch genau das hatte Osei vor. Genau das *musste* er tun. Erst zeigen, dass er gut werfen und fangen konnte, und dann schlecht schießen? Ausgeschlossen. Nicht einmal ein mittelguter Schuss, der ihn bis zur ersten Base brachte, würde jetzt reichen. Er musste so gut schießen, dass er einen Homerun schaffte.

Als er den Ball nahm und zum Homeplate ging, hörte er das Raunen auf dem Spielfeld und stellte befriedigt fest, dass alle Feldspieler mehrere Schritte zurückwichen. Sie erwarteten Großes von ihm. Dee und Mimi waren aufgestanden und schauten vom Piratenschiff herüber. Tatsächlich schien es, als würde der ganze Schulhof innehalten.

In Rom war Osei, wenn sie in der Schule Fußball spielten,

häufig Torwart gewesen. Die anderen Jungen kamen ungern mit schwarzer Haut in Berührung, was sich, wenn er im Tor stand, am besten vermeiden ließ. Immerhin hatte er auf dieser Position gelernt, einen Ball hoch und weit zu schießen. Normalerweise schießt ein Torwart keine Bälle, die sich bewegen; als Osei nun den roten Gummiball unerwartet schnell auf sich zurollen sah, brauchte er den Bruchteil einer Sekunde, um die Entfernung einzuschätzen, lief los und fühlte, wie sein Fuß den Ball traf, und zwar fest. Der Schuss dürfte weit gehen.

Und er ging weit. Der Ball stieg hoch, segelte über die Köpfe aller Feldspieler, flog über den Maschendrahtzaun, der den Schulhof einschloss, und prallte vom Dach eines blauen Oldsmobile Cutlass Supreme ab, der auf der anderen Straßenseite geparkt war. Bei den Feldspielern, den Mädchen und auf dem ganzen Schulhof stieg begeisterter Jubel auf – nur nicht bei Oseis Mitspielern. Sie stöhnten.

Erstaunt über ihre Reaktion, sah er sich um. »Ist das kein Homerun?«

»Es zählt nicht, wenn der Ball außerhalb des Schulhofs landet«, erklärte Ian.

»Genau«, bekräftigte Duncan. »Und dann dürfen wir auch nicht weiterspielen. Haben die Lehrer bestimmt. Die haben keine Lust, dem Ball hinterherzurennen. Guck, der rollt immer weiter.«

Tatsächlich kullerte der Ball die Straße entlang, prallte von den Reifen der parkenden Fahrzeuge ab und rollte über eine Kreuzung, wo ihm hupende Autos auswichen.

»Tut mir leid. Das wusste ich nicht.«

»Und du hast ihn übrigens auf das Auto von Caspers Eltern geschossen«, fügte Ian hinzu. »Der wohnt direkt gegenüber.«

»Oh! Ich werde mich entschuldigen.«

Ian zuckte die Achseln. Seine Belustigung über Oseis Blamage schien größer zu sein als der Ärger über den Abbruch des Spiels.

Nicht lange. Vom Piratenschiff her kam Dee angelaufen.

Bei Osei angelangt, fiel sie ihm um den Hals. »Das war fantastisch!«

Osei erstarrte wie auch die anderen Kinder auf dem Schulhof. Die Jubelrufe erstarben, das Stimmengewirr brach ab. Ian hörte auf zu lächeln.

»Die hat den *angefasst*!«, flüsterte Patty halb bewundernd, halb entsetzt. Ein Chor von Stimmen schloss sich ihr an.

»Nicht nur angefasst – *umarmt*!«

»Verdammt!«

»Das würde ich nie tun – du?«

»Glaubst du, die geht jetzt mit dem?«

»Muss ja.«

»Die könnte jeden Jungen haben, und jetzt nimmt die *den*?«

»Ist Dee verrückt geworden oder was?«

»Ich weiß nicht – irgendwie ist er ja schon süß.«

»Das ist doch nicht dein Ernst! Der ist ... du weißt schon!«

»Und nicht nur das – er ist auch noch *neu*. Die kennt den noch nicht mal.«

»Ja, der könnte ein Mörder sein, so einer mit 'nem Beil oder wie dieser Typ in *Geschichten aus der Gruft*, der als Weihnachtsmann verkleidet das Mädchen erwürgt.«

»Hast du das gesehen? Ich durfte nicht.«

»Ich habe auch *Der Exorzist* gesehen. Hab mich bei meinem großen Bruder reingeschlichen. Und mich zu Tode gegruselt – vor allem weil die immer so eine unheimliche Stimme hatte.«

Osei konnte nicht hören, was sie sagten, doch es spielte ohnehin keine Rolle. Sie alle waren Zeugen einer Grenzüberschreitung, auf die er es nie angelegt hatte.

*

Dee spürte, wie Osei erstarrte, und als sie sich von seinen warmen, weichen Armen löste, wurde ihr bewusst, dass auch die anderen wie versteinert waren. Mimi glotzte auf den Boden;

die Jungen – Ian, Casper, Rod und die anderen – standen mit angelegten Armen wie Soldaten da. Patty schüttelte nur den Kopf. Vor versammeltem Publikum hatte Dee Osei angefasst, und die Missbilligung nicht nur des ganzen Schulhofs, sondern anscheinend sogar von Osei war so groß, dass Dee für einen kurzen Moment die Augen schließen musste. »Lass uns zu den Bäumen gehen«, sagte sie dann. In die Schutzzone.

Die Zypressen waren eigentlich das, was an diesem Schulhof am meisten auffiel. Vielleicht hatte der Architekt ein Faible für Bäume gehabt; statt beim Bau der Schule die damals schon existierenden Zypressen zu fällen, hatte man sie jedenfalls stehen gelassen und den Schulhof so angelegt, dass die Gruppe in einer Ecke ihren Platz hatte. Ein Sandkasten, der vielleicht nur die Existenz der Bäume rechtfertigen sollte, wurde nie zum Spielen genutzt – es war schließlich der Pausenhof der älteren Schüler, die für Buddeln im Sand längst nichts mehr übrighatten. Stattdessen entwickelte sich die Zypressenecke zu einem der wenigen neutralen Orte des Schulhofs, wo sich Mädchen und Jungen aus allen Klassen aufhalten konnten.

Dee führte Osei zu den Bäumen und setzte sich in den Sand. Er zögerte, dann setzte er sich dazu. Währenddessen löste sich der Schulhof langsam aus seiner Starre. Die Jungen bekamen ihren Ball zurück und spielten nun Völkerball, Ian und Rod mit so festen Würfen, dass jeder, der Shorts trug, davon rote Flecken an den Beinen bekam. Ein paar Mädchen machten weiter mit Himmel und Hölle, und Mimi und ihre Klassenkameradin Jennifer saßen mit einem Fadenspiel in der Nähe des Sandkastens. Blanca, die zu den Seilspringerinnen gegangen war, sprang natürlich schon wieder.

»Das war wirklich ein toller Schuss«, bemerkte Dee.

Osei zuckte mit den Schultern. »Aber der Ball ist auf Caspers Auto gelandet. Und er hat das Spiel beendet.«

»Das konntest du ja nicht wissen. Ian hätte dir am Anfang die Regeln erklären müssen.« Sie schaufelte etwas Sand, der noch morgenfeucht war, in ihre Hand und begann, ihn nach Zypressennadeln und -zapfen zu durchsuchen. »Hast du in New York Kickball gespielt?«

»Ab und zu.« Osei strich mit einer Hand die Sandfläche neben sich glatt.

»Wie war New York? Ich höre immer so schreckliche Dinge. Ständig werden Leute überfallen oder ermordet. Und es soll furchtbar schmutzig sein.«

»Ach, so schlimm ist es gar nicht. Wir haben in einem schönen Teil der Stadt gewohnt.« Osei hielt inne, als hätte ihm der Gedanke an New York etwas in Erinnerung gerufen. Er sah sie an.

»Was ist?«

Dee konnte regelrecht zusehen, wie er versuchte, sich ein Bild von ihr zu machen. Er schien zu überlegen, was er ihr sagen konnte und was nicht. »Erzähl's mir ruhig«, sagte sie. »Du kannst mir alles erzählen.« Es klang wie eine Bitte; dieser Wunsch, ihn besser kennenzulernen.

»Wir haben in der Upper East Side gewohnt, wo die meisten Wohnhäuser Türsteher haben.« Er lächelte über Dees verständnislosen Blick, aus dem die ganze Unwissenheit der Vorstädterin sprach. »Das sind Männer, die neben den Eingangstüren der Gebäude sitzen. Wie Wächter, nur dass sie einem manchmal auch helfen, zum Beispiel Einkäufe hochtragen oder ein Taxi anhalten, solche Sachen. In unserem Viertel gab es nicht viele … Leute wie wir. Deshalb hat mich jeder Türsteher, an dem ich vorbeikam, scharf angesehen und dann gepfiffen, um den Türsteher des Nachbargebäudes vorzuwarnen, der mich dann auch wieder scharf angesehen und gepfiffen hat. Diese Pfiffe haben mich jedes Mal bis zum Ende des Wohnblocks begleitet. Normalerweise machen Türsteher das nur, wenn ein hübsches Mädchen vorbeikommt. Aber bei mir … Als sie mich längst kannten, weil sie mich ja monatelang jeden Tag vorbeigehen sahen, haben sie immer noch nicht damit aufgehört. Das soll doch nur ein Witz sein, haben sie irgendwann gesagt, und vielleicht war es ja auch so gemeint, aber ich fand es nicht witzig. Mir kam es immer so vor, als warteten sie nur darauf, dass ich irgendetwas mache.«

»Was denn?«

»Etwas stehlen, jemanden ausrauben, Steine werfen.«

»Das ist ja …« Aber Dee wusste nicht, was es war. Außerdem war sie in Gedanken noch damit beschäftigt, dass er in einer Wohnung wohnte und nicht wie sie und alle Menschen, die sie kannte, in einem Haus. Wobei es hier am Stadtrand ja auch kaum Wohnungen gab. »Und euer eigener Türsteher?«

»Der war am Ende ganz in Ordnung. Ein paar seiner Kollegen haben Witze über ihn gerissen, aber zu Weihnachten hat ihm mein Vater ein großzügiges Trinkgeld gegeben, das hat geholfen. Allerdings hat er keine Taxis für uns angehalten, nicht mal, wenn welche vorbeifuhren, die eindeutig leer waren, das haben wir mit eigenen Augen gesehen. Nein, da sei keins vorbeigekommen, hat er einfach behauptet, jedenfalls kein leeres. In der ganzen Zeit, die wir dort gewohnt haben, bin ich nur zwei Mal Taxi gefahren.«

Dee war noch nie in ihrem Leben Taxi gefahren – es war nicht nötig gewesen. Was für ein exotisches Leben, in dem man Taxi fuhr! »Erzähl mir ein bisschen mehr von Ghana«, sagte sie, um weiter seine Stimme hören zu können.

Sofort saß Osei eine Spur aufrechter im Sand. »Was möchtest du über mein Land wissen?« Die Erwähnung seiner Heimat führte dazu, dass er noch förmlicher wurde.

»Tja …« Dee zögerte; sie überlegte, ob sie den Gedanken, den sie nicht mehr loswurde, seit das Land zum ersten Mal erwähnt worden war, aussprechen sollte oder nicht. Aber sie mochte Osei – mochte ihn sehr – und wollte ihm gegenüber so ehrlich wie möglich sein. »Stimmt es, dass da … Menschen gegessen werden?«

Osei lächelte. »Du meinst Papua-Neuguinea. Nicht Ghana. Papua-Neuguinea ist in der Nähe von Australien.«

»Oh. Tut mir leid.«

»Das macht nichts. Meine Schwester Sisi hatte in Rom mal einen Lehrer, der denselben Fehler gemacht und ihr ein Referat über Kannibalismus aufgegeben hat. Ich habe es ganz gehört, weil sie es mir zum Üben vorgetragen hat.«

Das war ja noch überraschender als die Geschichten von Taxis und Türstehern. »Was heißt Kannibalismus auf Italienisch?«

»*Cannibalismo*.«

Dee kicherte, dann wurde sie wieder ernst. »Okay, dann kannst du mir ja vielleicht mal erklären, warum Menschen sich gegenseitig aufessen. Ich habe das noch nie verstanden. Es ist einfach nur ekelhaft.«

»Nun, ein Grund kann sein, dass es nicht genug Nahrung gibt. Zum Beispiel bei einer Hungersnot oder wenn Leute irgendwo festsitzen, wo es nichts zu essen gibt. Hast du von diesem Flugzeugabsturz in den Anden vor zwei Jahren gehört, wo die Menschen gezwungen waren, die Toten zu essen, um irgendwie zu überleben?«

Dee schauderte; sie fragte sich, warum sie das Gespräch eigentlich in diese Richtung gelenkt hatte, wollte jetzt aber auch nicht das Thema wechseln. Noch nie hatte sie mit einem Jungen ein so ernstes Gespräch geführt – und im Grunde auch noch nie mit einem Mädchen.

»Aber meistens hat Kannibalismus nichts mit Hunger zu tun«, fuhr Osei fort. »Menschen essen zum Beispiel andere Menschen, die sie in einem Kampf besiegt haben, als Kriegstrophäe. Manchmal essen sie auch Teile von jemandem, der gestorben ist und den sie geliebt haben. Als würden sie ihn damit in die Gemeinschaft zurückholen, wie eine Wiedergeburt durch den eigenen Körper.«

»Iiih!«

Osei grinste. »In Ghana tanzen und singen wir, wenn jemand gestorben ist, aber wir essen ihn nicht!«

Dee dachte an ihren Großvater, wie er in der Kirche in South Carolina in einem offenen Sarg gelegen hatte. Es war ein feierlicher, unbehaglicher Moment gewesen, und ihre neuen Schuhe hatten gedrückt. »Ihr tanzt?«

»Ja. Es ist ein großes Fest, auf dem Musikgruppen spielen und viel gegessen wird. Es dauert die ganze Nacht. Um es anzukündigen, hängt die Familie Plakate in der Stadt auf, damit alle kommen. Für eine Beerdigung geben wir viel Geld aus – genauso viel wie für eine Hochzeit.« Wenn er von Ghana erzählte, schien sein Akzent noch afrikanischer zu werden und seine Stimme leidenschaftlicher.

»Komisch. Fährst du oft nach Ghana?«

»Wir fahren jeden Sommer hin, um meine Großeltern zu besuchen.«

»Und das gefällt dir?«

»Natürlich.«

»Wohnt ihr dann in der Stadt oder auf dem Land?«

»Beides. Wir haben ein Haus in Accra und eins im Dorf meines Großvaters.«

Sie hätte ihn gern gefragt, ob das Haus eine von diesen grasgedeckten Lehmhütten war, die sie einmal im *National Geographic* ihres Vaters gesehen hatte. Doch ihre dummen Fragen zu Kannibalismus und Dashikis waren ihr noch peinlich, und sie hatte Angst, wieder etwas zu sagen, das ihre Unwissenheit verriet.

Sie überlegte, was sie ihn fragen könnte. In der Stille wurde ihr mit einem Mal die Situation bewusst, wie sie da zusammen unter den Zypressen saßen, um sie herum der wimmelnde Schulhof, wo jeder heimlich ein Auge auf sie hatte. Es wäre besser, dachte sie, etwas zu tun – herumgehen, schaukeln, klettern –, als hier still zu sitzen.

»Gibt es in Ghana viele wilde Tiere?« Sofort hätte Dee sich ohrfeigen können, ihn etwas so Offensichtliches zu fragen, doch die plötzliche Befangenheit zwischen ihm und ihr drohte, das Gespräch abzuwürgen.

»Ja. Wir haben Büffel, Paviane, Warzenschweine, Affen. Und noch viele andere Tiere.«

»Auch Elefanten?«

»Ja.«

Er schien zwar bereit, ihre Fragen zu beantworten, stellte ihr selbst aber keine. Doch das taten Jungen selten; sie waren besser im Reden als im Zuhören und noch besser im Machen als im Reden. Noch nie hatte Dee so lange mit einem Jungen zusammengesessen und sich unterhalten.

Nur konnte Dee ihm, wenn er nicht fragte, auch nichts von sich erzählen. Wobei … was hätte sie ihm eigentlich erzählt? Dass ihre Eltern sehr streng waren. Dass sie Mathe mochte, es aber nicht zugab. Dass sie erstaunt über ihre eigene Beliebtheit war, wo ihr doch von der Mutter so viele Einschränkungen auferlegt wurden. Dass sie nie mit ihren Freundinnen in die Mall durfte und noch kein einziges Mal eine Geburtstagsparty gemacht hatte, mit Rollerskating oder Kino für alle. Dass sie manchmal einfach so, ohne Grund, niedergeschlagen war. Und dass Mimi ihr vor Kurzem die Tarot-Karten gelegt und gesagt hatte, bald werde sich einiges radikal für sie ändern. Dee hatte angenommen, dass Mimi damit den im Herbst anstehenden Schulwechsel meinte, doch als sie jetzt Osei zusah, wie er den Sand glatt strich, wieder aufwühlte, wieder glatt strich, seine Hand so dunkel gegen die helle Oberfläche, kam ihr der Gedanke, dass dieses »bald« vielleicht schon eher gekommen war, als sie gedacht hatte.

Dann blickte er auf und lächelte sie von der Seite an, was seinem Gesicht etwas Verschmitztes gab, und all die gesagten und ungesagten Worte, die gestellten und nicht gestellten Fragen, die Momente verlegenen Schweigens waren durch das warme Gefühl, das Dee durchflutete, aus der Welt geschafft. Sie war nicht wie Blanca und andere, die hinter Jungen herliefen und ihr Interesse herausforderten. Sie trug keine engen Kleider, in denen sie ihren kleinen, wachsenden Busen herausstreckte, sondern machte sich krumm, damit er weniger auffiel. Noch nie hatte sie hinter der Turnhalle mit Jungen experimentiert und war beim Flaschendrehen in der

Pause nur zwei Mal mit Küssen an der Reihe gewesen, bis die Lehrer kamen und dem Spuk ein Ende bereiteten. Doch das hier mit Osei hatte nichts von einem Experiment. Auf das hier habe ich gewartet, dachte sie.

Und so kam es, dass Dee das tat, was sie am liebsten schon an diesem Morgen getan hätte, als sie sich vor dem Schulgebäude hinter Osei gestellt hatte: Sie streckte die Hand aus und legte sie auf die perfekte Rundung seines Schädels, auf sein kurzes, dicht gekringeltes Haar.

Osei wich nicht zurück, sein Lächeln blieb. Dann streckte auch er die Hand aus und legte sie an ihre Wange. Dee schmiegte sich daran wie eine Katze, die gestreichelt wird.

»Du hast einen schönen Kopf«, sagte sie.

»Und du ein schönes Gesicht.«

Erstaunen und Erleichterung überwältigten Dee: Er fühlte also genauso wie sie; sie konnten sich aneinanderlehnen. Mit einem Mal begriff Dee, dass echte Paare sich nicht fragen mussten, ob sie miteinander gehen wollten. Echte Paare waren einfach zusammen. Die ganze Fragerei war Babykram, ein kindisches Spielchen. Darüber waren Osei und sie weit hinaus.

Die beiden verharrten in ihrer Haltung: wie eine Skulptur sich Liebender – lächelnde Lippen, hingestreckte Arme, verschmolzen, von der Außenwelt abgekoppelt. Ganz in der Nähe hörte Dee Mimis zischende Stimme: »Dee, was *machst* du da?« Und in der Ferne begann Blanca zu tönen: »Verliebt, verlobt, verheiratet, geschieden, wie viele Kinder werden Dee und O kriegen?«

Nicht einmal der Pfiff einer Trillerpfeife erreichte die beiden zunächst. Aufsicht führende Lehrer griffen immer dann zur Trillerpfeife, wenn jemand etwas Verbotenes tat: andere Schüler schubsen, mit dem Kopf nach unten an der Hangelleiter hängen, mit Sand werfen, den Zaun hochklettern. Sobald die Pfeife schrillte, hielten die Schüler Ausschau nach dem, der nun Ärger bekommen würde.

Natürlich wusste Osei das nicht, doch er konnte sich wohl denken, was es zu bedeuten hatte, denn als Mr Brabant mit schrillender Pfeife auf sie zueilte, nahm er unwillkürlich die Hand von Dees glühender Wange. Dee war so verwirrt, dass sie nicht sofort reagierte.

»Aufhören! Steht sofort auf, ihr beiden!« Die Stimme war peitschend. Osei rappelte sich hoch. Dee spürte, dass sich Widerstand in ihr regte, doch es war einfach zu peinlich, weiter im Sand zu sitzen, während alle herbeiströmten und sie angafften. Allerdings ließ sie sich Zeit mit dem Aufstehen und wischte sich dabei, dem zornigen Blick ihres Lehrers ausweichend, den Sand von der Jeans.

»Es ist verboten, Mitschüler unsittlich zu berühren! Vielleicht ist das da, wo du herkommst, anders, und du weißt es nicht besser!«, fauchte Mr Brabant Osei an. »Aber an dieser Schule dürfen sich Jungen und Mädchen so nicht anfassen!« Die Küsse, bei denen er die Sechstklässler regelmäßig erwischte, schienen ihn sehr viel weniger zu beunruhigen als diese Form von Berührung. Vielleicht spürte er, dass sie bedeutungsvoller und letztlich intimer war – zu intim für einen Schulhof. Er wandte sich an Dee. »Ich muss mich doch sehr über dich wundern, Dee. Du solltest es besser wissen. Geh sofort ins Klassenzimmer und teil dort die Mathe-Arbeitsblätter aus.«

Noch nie war Dee in der Schule vom Unterricht ausgeschlossen worden oder durch Nachsitzen oder was auch immer bestraft worden – es war nicht nötig gewesen. Und auch jetzt kam sie noch mehr als glimpflich davon. Jeder andere Schüler wäre ins Büro der Schulleiterin geschickt worden, wo ihn ein Donnerwetter erwartet hätte und wahrscheinlich ein Anruf bei den Eltern. Stattdessen bekam sie eine Aufgabe zugeteilt, die sie ohnehin bereitwillig erledigt hätte. Offenbar konnte sich Mr Brabant nicht dazu durchringen, seine Lieblingsschülerin richtig zu bestrafen.

Normalerweise hätten Mr Brabants Worte und sein Tonfall Dee schwer getroffen, denn von allen Erwachsenen ihrer

Schule war er derjenige, dessen Wohlwollen ihr am wichtigsten war. Doch heute war alles anders – Dee hatte jemanden gefunden, dessen Meinung plötzlich mehr zählte. Und über diesen Menschen hatte Mr Brabant geurteilt. Der Ton ihres Lehrers gefiel ihr nicht. Doch sie konnte ihm den Gehorsam nicht verweigern. Aber sie würde sich absichtlich Zeit lassen, anstatt seinen Befehl ihm zuliebe schnellstmöglich auszuführen. Als sie an Mr Brabant vorbei zum Schulgebäude schlenderte, spürte sie, dass er ihr hinterherstarrte, entgeistert über diese neue Haltung. Es gab Dee ein Gefühl von Macht.

*

Nun warteten alle gespannt darauf, dass Mr Brabant den Neuen angemessen bestrafte. Ian hätte ihm zeigen können, wie das ging: ein Schlag mit dem Lineal, schön schneidig nach alter Sitte auf diese schwarze Hand, die es gewagt hatte, Dees Wange zu berühren. Als Ian die beiden gesehen hatte, war eine Wut in ihm hochgekommen, die er immer noch nicht ganz unter Kontrolle hatte. Mr Brabant hingegen wirkte irgendwie verloren und alt, als wären seine Tränensäcke plötzlich noch dicker geworden. Aus heiterem Himmel rebellierte seine Lieblingsschülerin, und er wusste nicht, wie er darauf reagieren sollte.

Ians lautes Räuspern durchbrach die Stille. Mr Brabant schüttelte den Kopf, dann gab er sich einen Ruck. Den Blick fest auf Osei gerichtet, schob er die Kinnlade nach vorn. »Sieh dich vor, Bürschchen«, sagte er.

Osei hielt dem Blick seines Lehrers stand. Er sagte nichts. Das Schweigen, das eine Ewigkeit zu dauern schien, wurde erst durch die herbeieilende Miss Lode beendet. »Alles in Ordnung?«, fragte sie, ihre Stimme schrill vor Nervosität.

»Das will ich doch hoffen!«, blaffte Mr Brabant. »Sobald hier jemand die Regeln unserer Schule verstanden hat. Nicht wahr, Osei?«

»Ja, Sir,«

»Osei, wir sagen hier nicht *Sir* und *Ma'am*«, schaltete sich Miss Lode in einem Ton ein, der verglichen mit dem ihres Kollegen freundlich klang. »Wir sprechen die Lehrer mit ihrem Namen an. Sag Mr Brabant zu ihm und zu mir Miss Lode.«

»Ja, Miss Lode.«

»Ich komme schon mit ihm zurecht, Diane.«

»Natürlich. Ich wollte auch gar nicht ...« Das Klingeln, welches das Ende der Pause ankündigte, rettete sie.

»Gut – also los, stellt euch auf.« Mr Brabant hatte die Stimme gehoben, damit sich alle Schüler angesprochen fühlten.

Osei setzte sich langsam in Bewegung – genauso wie schon Dee –, um zu verdeutlichen, dass er keinen Befehl ausführte, sondern eigentlich nur zufälligerweise in die richtige Richtung ging.

»Habe ich etwas verpasst?«, fragte Miss Lode leise.

»Unangemessenes Verhalten«, brummte Mr Brabant. »Er hat Dee angefasst. Typisch.«

Miss Lode schien verwirrt. »Haben Sie ... ich meine, haben Sie schon oft mit ... Schwarzen zu tun gehabt?«

»Mit 'nem ganzen Bataillon ...«

»Oh, ich ... Entschuldigung, ich wollte Sie nicht auf diese ... Ereignisse ansprechen.«

»Wie der sie angefasst hat – widerlich.«

In diesem Moment fiel Miss Lode auf, dass Ian ihnen zugehört hatte, und sie stieß ihren Kollegen unauffällig an. »Okay, Ian, geh und stell dich in die Reihe«, befahl ihm sein Lehrer.

»Mach ich, Mr Brabant – sobald ich den Ball geholt habe.«

Mr Brabant antwortete mit einem Grummeln und ging zügig weiter zu den sich aufstellenden Klassen, von Miss Lode dicht gefolgt.

Beim Überqueren des Hofs hatte es sich so ergeben, dass Mimi und Osei nebeneinandergingen. Ian beobachtete die beiden. Sie unterhielten sich. Einmal neigte sich Osei zu seiner Freundin hin, als wollte er ihr besonders genau zuhören; dann nickte er, sagte etwas, und Mimi lachte.

Ian runzelte die Stirn.

»Tatscht dieser Mistkerl sie einfach an – wirklich widerlich.« Rod stand mit dem roten Ball neben ihm.

Ian starrte zu seiner Freundin hinüber. »Das habe ich gar nicht mitbekommen. Gerade hat er sie angefasst?«

»Nicht Mimi. Nein, *Dee*. Unter den Bäumen hat er Dee doch angefasst. Und *sie* hat *ihn* angefasst.« Rod hatte begonnen, sich in eine Rage hineinzusteigern, die sein Gesicht rot anlaufen ließ.

»Der fasst alle Mädchen an«, murrte Ian. »Und bald zieht er mit allen das volle Programm durch. Jungen wie der sind so. Es sei denn, wir stoppen ihn.«

»Ja.« Rod ließ den Ball mehrmals aufprallen und hochspringen wie einen Basketball. »Aber wie?«

»Wir müssen sie gegen ihn aufhetzen.« Ian dachte nach. »Nein, das ist zu offensichtlich. Darauf fällt Dee nicht rein, dafür ist sie zu intelligent. Vielleicht … lieber ihn gegen sie. Ja, ich glaube, das wäre besser. Und auch lustiger.«

»Wie denn? Du willst Dee aber doch nicht wehtun, oder? Weil, das wäre nicht in Ordnung. Ich will nur 'ne Chance bei ihr kriegen, mehr nicht.«

»Ich werde ihr nicht wehtun, ich werde nur … die beiden auseinanderbringen.«

»Gut. Aber … Ian …«

»Was?«

»Warum hast du mich beim Kickball nicht in dein Team geholt?«

Ian seufzte innerlich auf. Er musste Rod dringend abschütteln. Eigentlich hatte er vorgehabt, ihn nach dem Wechsel auf die Junior High loszuwerden – so ein Schulwechsel führte ja immer dazu, dass sich Freundschaften neu mischten. Doch nun fragte er sich, ob er noch so lange warten konnte. Rod wurde langsam immer penetranter; der Typ war zu anstrengend für das bisschen, was er lieferte.

»Ich musste dem Neuen doch wenigstens eine Chance geben«, erklärte Ian. »Jetzt wünschte ich, ich hätte es nicht getan – seinetwegen konnten wir nicht weiterspielen.«

»Aber du hättest mich doch auch noch nehmen können.«

»Ja, aber dann wäre die Mannschaft zu unausgeglichen gewesen. Ich meine, du bist natürlich ein guter Spieler. Das haben alle gesehen – wie du geschossen hast. Und du hast auch den einzigen Punkt für dein Team gemacht, oder?«

Rod strahlte.

»Mit dir und dem Schwarzen – ich wusste ja nicht, ob der gut sein würde, aber wenn – wäre die Mannschaft zu gut gewesen, dann hätte das Spiel keinen Spaß gemacht. Das wollte ich verhindern.«

Rod runzelte irritiert die Stirn über Ians fragwürdiges Kompliment, über das er sich dennoch freute.

»Los, stell dich schon mal auf«, befahl Ian. »Ich komme sofort.«

Rod nickte, ließ den Ball noch einmal aufprallen und hochspringen und kickte ihn dann in die Richtung der Schülerreihen. Sofort flitzte er hinterher wie ein fröhlicher, vergesslicher Hund. Wenn es doch nur so einfach wäre, dachte Ian. Er blieb unter den Bäumen und sah zu, wie die Schüler zu ihren Lehrern gingen. Er brauchte einen Moment Ruhe, um nachzudenken.

Als der schwarze Junge an diesem Morgen den Schulhof betrat, hatte Ian sofort gespürt, dass sich etwas zu verschieben begann. Als wäre der Boden, auf dem er stand, in Bewegung geraten, unberechenbar wie ein Erdbeben. In all den gemeinsamen Jahren an dieser Schule hatten sich feste hierarchische Strukturen gebildet, mit Anführern und Gefolgsleuten. Alles lief rund – und jetzt war plötzlich dieser Junge gekommen, ein einziger Junge, der alles aus dem Gleichgewicht brachte. Ein wuchtiger Schuss, eine gestreichelte Mädchenwange, und schon war die Ordnung nicht mehr dieselbe. Kritisch beobachtete er Osei, der sich aufgestellt hatte, und konnte regelrecht zusehen, wie sich die Dinge verlagerten, um diesen neuen Anführer einzubinden; wie sich nach und nach alles verschob, weil sich ihm Schüler zuwandten wie Pflanzen zum Licht. Er sah, dass sich Casper hinter Osei stellte und mit ihm redete. Er gestikulierte Richtung Zaun – es ging eindeutig um Oseis Schuss –, und dann nickten die beiden. Einfach so hatte es dieser Schwarze geschafft, den Respekt des beliebtesten Jungen der Schule zu erlangen und mit dem beliebtesten Mädchen zu gehen, und dann hatte er auch noch mit Mimi geredet und gelacht – dabei war der Vormittag noch nicht einmal um.

»Beliebt« war kein Wort, das man mit Ian in Verbindung gebracht hätte. Mit Ian redete und lachte man nicht. Schon lange nicht mehr. Er wusste selbst nicht genau, wie es dazu gekommen war, doch er war eindeutig ein Schüler geworden, den man fürchtete, aber nicht respektierte. Geplant hatte er das nicht, doch als er sich mit Beginn der vierten Klasse auf dem Schulhof der Älteren wiederfand, war sein Bruder gerade auf die Junior High gewechselt, und Ian stellte fest, dass er eine Machtposition von ihm geerbt hatte, die nur wenige in Frage stellten. Sie brachte ihm einige Vergünstigungen: Mittagessensgeld, das ihm ausgehändigt wurde, einen Platz in der Nähe der Turnhallentür außer Sichtweite der Lehrer, wann immer er wollte, das automatische Kapitänsamt im Kick- und Softball-Team und dann auch noch seinen Gehilfen Rod – wobei Ian auf diesen Komiker als rechte Hand inzwischen gut hätte verzichten können.

Die Trillerpfeife schrillte, und Ian, der sofort wusste, wer gemeint war, schaute auf. Die ersten Schülerreihen verschwanden bereits im Gebäude, und Miss Lode bedeutete ihm zu kommen. Sogar die Lehrer hatten ein bisschen Angst vor Ian; Miss Lode würde ihn für sein Trödeln nicht bestrafen, sich aber später im Lehrerzimmer sicher über ihn beklagen.

Einmal hatte er dort vor der Tür herumgelungert und gehört, wie ein Lehrer zu einem anderen sagte: »Ian ist doch von den Murphys der Letzte, stimmt's? Oder kommt da etwa noch eine kleine Schwester hinterher? Also, mir haben Ian und seine Brüder gereicht. Ich glaube, noch ein Murphy-Kind ertrage ich nicht. Ich finde, ich habe gegenüber dieser Familie mein Soll erfüllt.«

»Oh, dem werden sie auf der Junior High schon die Flügel stutzen«, hatte der andere erwidert. »Ich sage nur: kleiner Fisch, großer Teich.« Worauf die beiden gelacht hatten. Für dieses Lachen hatte ihnen Ian mit dem Hausschlüssel die Autos zerkratzt.

Soweit er wusste, waren seine Brüder immer noch große Fische. Der Nächstältere rauchte jetzt und behauptete, er hätte mit seiner Freundin alles gemacht, was man so machen kann.

Bevor Ian als Letzter seiner Klasse ins Schulgebäude ging, musste er sich kurz darauf konzentrieren, seinen Kiefer zu lockern und seine geballten Fäuste zu öffnen.

Als er an Mr Brabants Klassenzimmer vorbeikam, warf er einen Blick hinein. Osei saß an seinem Pult und schaute auf ein Blatt Papier. Hinter ihm stand Dee und teilte ein Blatt an Casper aus, der ihr sein strahlendes Lächeln schenkte. Ein Außenstehender hätte die beiden für Freund und Freundin halten können. Und der schwarze Junge bekam nichts davon mit.

Grinsend legte Ian einen Schritt zu, um seine Klasse einzuholen. Jetzt wusste er, was er tun würde.

Neben Miss Lodes Klassenzimmer beugte sich gerade eine Viertklässlerin über den Trinkbrunnen. Es wäre so einfach gewesen, sie gegen den Hahn zu schubsen und ihr eine blutige Lippe zu verpassen; das hatte Ian mit anderen Schülern schon häufig getan. Doch der Plan, der nun langsam in seinem Kopf Form annahm, hatte seine Stimmung gehoben, und so ging er großmütig an der Schülerin vorbei, ohne sie anzurühren. Sie schreckte dennoch vor ihm zurück.

DREI

Mittagessen

Unterwegs zum Jahrmarkt
traf ich auf dem Trottoir
eine Señorita
mit Blumen im Haar

Beweg dich, Señorita,
komm, schüttel deine Glieder,
schüttel, schüttel, schüttel,
nochmal und immer wieder.

Nach oben und nach unten
wackelt sie mit dem Po,
sie dreht und dreht und dreht sich,
dreht sich bis zum K.o.

Als es zur Mittagspause klingelte, hatte sich der schon den ganzen Vormittag spürbare Druck zu einem echten Problem ausgewachsen. Beim Thema Wortschatz hatte es in Mimis Kopf zu klopfen begonnen, und die Lichtblitze waren aus den Augenwinkeln immer tiefer in ihr Blickfeld gewandert. Die Wörter an der Tafel, die sie zu Hause lernen sollten, konnte sie kaum noch erkennen und abschreiben. Miss Lode hatte sich, an weiteren Unterrichtsstoff anknüpfend, bei Shakespeare bedient:

redlich	*Fehde*
Triumph	*Chaos*
erspähen	*Fluch*
Choral	*Schuft*
lechzen	*Lausekerl*

»Was ist denn mit der los, was nimmt die denn für Wörter«, murrte Jennifer neben Mimi. »Die meisten benutzen wir doch gar nicht. *Lausekerl* – gibt's das Wort überhaupt?«

»Ja, bedeutet frecher Junge«, antwortete Mimi. Im Fernsehen hatte sie mit Dee vor ein paar Wochen *Romeo und Julia* gesehen, und da war das Wort vorgekommen. Mimi hatte sich heftig in Romeo verguckt.

»Was hat die nochmal gesagt, wer ist Shakespeare?«

»Das weißt du doch! Er hat den *Sommernachtstraum* geschrieben.« Für das Ende des Schuljahrs hatten die beiden sechsten Klassen eine Aufführung des Stückes geplant. Mimi spielte einen Elfen. Sie schüttelte den Kopf, obwohl sie wusste, dass sie dadurch nicht besser sah. »Kannst du mir die Wörter vorlesen?«

Jennifer sah sie mitfühlend an. »Wieder Kopfschmerzen?«

»Ja.« Mimi hatte nur wenigen von den Kopfschmerzen erzählt, mit denen sie sich seit einem halben Jahr herumplagte. Sie wollte in Ruhe gelassen werden, doch es war schwer, ihre Schmerzen vor Jennifer zu verbergen, die neben ihr saß und inzwischen ein Gespür dafür zu haben schien. Jennifer gab Mimi auch Rückendeckung, wenn sie es nicht mehr aushielt und Hals über Kopf aus dem Klassenzimmer stürzte. »Periode«, flüsterte sie dann Miss Lode zu, die als Antwort nervös nickte. Die Menstruation war in den sechsten Klassen ein gewichtiges Thema, obwohl viele der Mädchen noch darauf warteten. Wer konnte, machte sich die Verlegenheit der Lehrer zunutze. Wobei Jennifer der Wahrheit mit ihrer Lüge näher war, als sie wusste, denn die Kopfschmerzen traten bei Mimi tatsächlich immer zu Beginn ihrer Periode auf. Ihre Mutter sagte, es sei ein Zeichen dafür, dass sie langsam erwachsen werde, doch das tröstete Mimi nicht.

An diesem Tag hoffte sie, bis zum Mittagessen durchzuhalten. Während sie unter Jennifers Anleitung die Liste von der Tafel abschrieb, versuchte sie, den Schraubstock um ihren Kopf und die funkelnden Lichtrauten, die vor ihren Augen tanzten, wenigstens bis zur Pause zu ignorieren, und auch als es so weit war, rannte Mimi nicht sofort los, sondern reihte sich in die Gruppe ein, die das Klassenzimmer geordnet verließ. Sie war schon unterwegs zur Mädchentoilette im Untergeschoss, da packte jemand ihren Arm. Ian. Mimi fühlte sich sofort noch schlechter, unaufschiebbar schlechter.

»Moment mal«, sagte er. »Man könnte ja glauben, dass du mir aus dem Weg gehst. Aber das tust du doch nicht, oder?« Er lächelte, als hätte er einen Witz gemacht, aber Mimi wusste, dass er es ernst meinte. Sie sah den starren Ausdruck hinter seinem Lächeln, unnachgiebig und knallhart.

»Nein«, sagte sie. »Ich habe nur Kopfschmerzen.« Sie

versuchte zurückzulächeln, doch der Brechreiz wurde immer stärker. »Ich muss zur –«

»Ich will, dass du etwas für mich machst.«

»Was denn?«

»Hat Dee schon einmal irgendetwas von Casper bekommen? Ich meine, ein Briefchen oder Schmuck oder so?«

»Ich … ich weiß nicht. Vielleicht. Aber so ist das nicht zwischen den beiden, noch nie gewesen, wirklich.« Mimi konnte an nichts anderes denken als daran, rechtzeitig die Toilette zu erreichen.

»Krieg das raus, und egal, was es ist, besorg's mir.«

»Gut. Ich muss wirklich gehen …« Sie wich vor Ian zurück und hastete die Treppe hinunter. Sofort stürzte sie in eine der Kabinen, fiel auf die Knie und übergab sich ins Toilettenbecken. Als sie fertig war, sank sie auf die Fersen, lehnte sich an die Wand und schloss die Augen. Ein Glück, dass sie allein war; dass keiner fragte, ob alles in Ordnung war, oder losrannte, um eine Lehrerin zu holen.

Es war erstaunlich, wie sich durch das Erbrechen jedes Mal nicht nur ihr Magen beruhigte: Die Blitze waren verschwunden, und sie hatte keine Kopfschmerzen mehr. In der Toilette war es bis auf das leise Rauschen des sich füllenden Wasserkastens vollkommen still. Es stank nach Desinfektionsmittel und nach dem braunen, rauen Papier, das es nirgendwo anders gab als in Schultoiletten. Zwischen den stahlgrau gestrichenen Wänden, in diesem kalten, grellen Licht sah jeder hässlich und krank aus, sogar Blanca, sogar Dee. Hinzu kamen die Gerüche, aber die Mädchen hielten sich trotzdem gern hier unten auf. Es war einer der wenigen Orte, den das Lehrpersonal selten aufsuchte – eigentlich nur bei Kontrollgängen –, denn oben hatte man neben dem Lehrerzimmer eine eigene Toilette.

Am liebsten hätte sich Mimi jetzt einfach lang ausgestreckt, ihre Wange an die kühlen Fußbodenkacheln gelegt, an nichts gedacht und den Fluss des Tages über sich hinwegrauschen lassen.

Aber das ging nicht. Der Boden roch zu sehr nach Desinfektionsmittel, und außerdem konnte jeden Moment jemand hereinkommen. Die Freundinnen erwarteten sie in der Kantine, und es würde auffallen, wenn sie nicht bald dort erschien. Sie spülte den Mund aus und spritzte sich Wasser ins Gesicht; dann betrachtete sie sich prüfend im Spiegel. Schrecklich sah sie aus. Sie holte den Lippenstift heraus, den sie ihrer älteren Schwester geklaut hatte, betupfte damit ihre Wangen und verrieb die Farbe. Schminken war in der Schule verboten, aber sie hoffte, dass es niemandem auffallen würde. Ein letzter Blick, der Versuch eines Lächelns, und dann sagte sie laut: »Gib ihm, was er haben will – dann lässt er dich gehen.« Dies würde nun ihre Strategie sein.

Mimi war überrascht, als sie Dee und Osei zusammen vor der Kantine sitzen sah, die Köpfe so dicht zusammengesteckt, dass sie sich an der Stirn berührten. Dee war eins der wenigen Kinder, die zum Mittagessen nach Hause gingen, denn sie wohnte ganz in der Nähe. Bestimmt wartete die Mutter schon auf ihre pünktliche Heimkehr. Im Laufe der Jahre war Mimi nach der Schule einige Male zum Spielen mit Dee nach Hause gegangen und hatte dort ihre Mutter erlebt, den schmallippigen Mund, der nie lächelte, die demonstrativen Blicke auf die Uhr, die nicht angebotenen Kekse, die zum Abendessen aufgetischte Leber und die noch angespanntere Atmosphäre, wenn der Vater nach Hause kam und den unerwarteten Gast stirnrunzelnd zur Kenntnis nahm. Da waren Mimi ihre eigenen Eltern doch lieber. Und so waren die Mädchen für ihre Treffen nach und nach auf Mimis Zuhause ausgewichen, wo ihnen die Mutter Teller mit Oreos hinstellte und die beiden fernsehen ließ.

Nach einem kurzen Blick auf die im Eingangsbereich hängende Uhr schob Dee hastig etwas, das Mimi nicht erkennen konnte, in ihr neues Federmäppchen – das rosafarbene, das sie ihr beschrieben hatte – und stopfte es in ihren Rucksack. Sie sagte etwas zu Osei, sah sich um und gab ihm ganz schnell einen Kuss. Dann rannte sie davon. Der Kuss hätte Mimi schockieren müssen, vor allem mit Blick auf den Ärger, den die beiden bekommen würden, sollte ein Lehrer sie gesehen haben; doch im Vergleich zu der unglaublichen Berührung vorhin auf dem Schulhof war dieser Kuss nichts. Mimi sah die beiden noch genau vor sich: ihre Arme, schwarz und weiß ineinander verschmolzen. Noch nie hatte sie etwas gesehen, das so sexy war, viel sexyer als die ganze Knutscherei von Romeo und Julia auf dem Balkon.

Als Dee losrannte, fiel das rosa Mäppchen aus dem Rucksack, dessen Reißverschluss sie in der Eile nicht ganz zugezogen hatte. Mimi rief ihr noch hinterher, doch da war die Freundin schon fort. Weil auch Osei bereits Richtung Kantine verschwunden war, ging sie hin, hob das Mäppchen auf und streichelte mit einem Finger über die vorgewölbten Erdbeeren. Dee hatte recht, es war wirklich süß, auch wenn es eigentlich nicht Mimis Geschmack entsprach. Nach dem Essen würde sie es Dee wiedergeben. Und so steckte Mimi das Mäppchen in ihren Rucksack und ging in die Kantine.

Von einem der Tische winkte ihr Blanca zu und zeigte auf den Stuhl, den sie freigehalten hatte – keine einfache Sache in diesem überfüllten Raum. »Wo bleibst du denn?«, rief sie. »Alle wollen den Stuhl!«

»Ich komme sofort!«, rief Mimi zurück. »Willst du noch was?«

»Kroketten!«

Blanca liebte alles, was mit Sinnlichkeit zu tun hatte, also auch Essen; oft gab ihr Mimi einen Teil ihrer Pommes frites oder die Kirschen aus dem Obstsalat oder den abgepackten Kakao. Inzwischen hatte Mimi Magenschmerzen, obwohl ihr Magen vollkommen leer war; eigentlich wollte sie nur etwas trinken. Dennoch griff sie zu einem Tablett, das die Frauen an der Theke mit Hacksteak, Kroketten und einem wabbeligen Stück Zitronentorte füllen würden. Blanca und die anderen würden schon alles essen.

Während sie wartete, beobachtete sie Osei, der einen Schüler weiter vorne in der Schlange stand. Die Frauen hinter der Theke waren alle schwarz, und Mimi fragte sich gespannt, ob sie ihn anlächeln würden als Zeichen, dass er einer von ihnen war. Doch als die erste der drei Frauen Osei erblickte, erstarrte sie mit dem Löffel in der Luft, und von dem knorpeligen Hackfleisch tropfte Tomatensauce auf sein Tablett. »Komm schon, Jeanette, nun gib dem Jungen endlich sein Fleisch!«, kicherte die Frau neben ihr, die schon begonnen hatte, ihm Kroketten auf den Teller zu schaufeln.

Als sich die Schlange weiterschob, hörte Mimi die Hacksteak-Frau zu ihren Kolleginnen sagen: »Armer Junge.«

»Was soll das heißen, ›armer Junge‹?«, erwiderte die Kroketten-Frau. »Das ist doch eine gute Schule. Der hat Glück, dass er hier ist.«

»Erzähl mir nicht, du wüsstest nicht, was ich meine. Würdest du wollen, dass dein Sohn auf 'nem Schulhof rumspaziert, wo er anders ist als alle Mitschüler?«

»Natürlich, wenn er dafür eine gute Ausbildung kriegt! Außerdem ist er neu hier. Neue haben's am Anfang immer schwer. Der wird sich schon dran gewöhnen.«

»Bist du blöd oder was? Nicht der muss sich dran gewöhnen. Die Weißen müssen sich dran gewöhnen! Und glaubst du, die machen das? Die werden dem das Leben auf dem Schulhof zur Hölle machen – und die Lehrer im Unterricht auch, jede Wette. Lehrer sind auch nicht besser als ihre Schüler. Nee, schlimmer noch – weil die müssten's ja eigentlich besser wissen.«

Mimi stand regungslos mit ihrem Tablett da und lauschte. In all den Jahren, die sie schon von diesen Frauen bedient wurde, hatte Mimi sie nie mehr sagen hören als Dinge wie »Einen Löffel oder zwei?«, wenn sie Kartoffelbrei austeilten. Und selbstverständlich hatten sie noch nie etwas über einen Schüler gesagt; schon gar nicht so etwas.

Plötzlich fiel der Blick der Frau auf Mimi, und sie stieß ihre Kollegin an. »Willst du Kroketten, Süße? Komm, du kriegst

’ne extra große Portion.« Ehe Mimi es verhindern konnte, hatte sie ihr drei Löffel auf den Teller geschaufelt. »Denise, gib ihr ein dickes Stück Torte. Das dickste, das du hast. Die sieht ein bisschen blass aus.«

Mimi konnte die Frauen nicht davon abhalten, ihr viel zu viel Essen aufs Tablett zu laden. »So«, sagte die Kroketten-Frau. »Reicht das? Hast du alles, was du brauchst?« Sie blickte Mimi einen Lidschlag länger in die Augen als nötig.

Mimi nickte und zog verwirrt ab.

Vor ihr war Osei mit seinem Tablett stehen geblieben und ließ den Blick über die vollen Tische schweifen. Mimi fragte sich, ob er von den Kommentaren der Frauen etwas mitbekommen hatte. Er tat ihr leid, wie er da stand und überlegte, wo er sich hinsetzen sollte. Wenigstens starrte ihn niemand an, und es war auch nicht still im Speisesaal geworden wie an diesem Morgen auf dem Schulhof. Sobald es etwas zu essen gab, wurden Schüler laut.

Einen Moment lang überlegte sie, Osei zu fragen, ob er sich zu ihr, Blanca und den anderen setzen wollte, die Mädchen könnten ja noch ein bisschen zusammenrücken. Wäre Dee dabei gewesen, hätte sie das vermutlich getan. Aber Mimi war pragmatischer als Dee. Es gab ein ungeschriebenes Gesetz, dem zufolge Jungen und Mädchen in der Kantine grundsätzlich nicht zusammensaßen; Osei mit an ihren Tisch zu nehmen, hätte fast so viel Aufruhr verursacht wie seine Hautfarbe. Nein.

An einem der anderen Tische saß Ian, und Mimi sah, dass er Anstalten machte aufzustehen. Doch dann winkte an einem näheren Tisch Casper und bewegte seinen Nachbarn dazu, seinen Platz an den Neuen abzutreten. Als Osei sich gesetzt hatte, war er von Mitschülern umringt wie eine Figur im Getümmel eines Schachbretts. Ian, der sich schon halb erhoben hatte, schaute kurz nach links und nach rechts, um zu sehen, ob jemand mitbekommen hatte, wie schmachvoll er abgewürgt worden war; wie jemand, der einen Vorschlag in die Runde wirft und einfach ignoriert wird. Die Jungen in Ians Nähe hatten offenbar den richtigen Riecher gehabt und sich vorbeugend auf ihr Essen konzentriert oder darauf, Witze zu machen und in die andere Richtung zu schauen. Nur Mimi erwischte es kalt. Ian starrte sie so wütend an, dass sie sich rasch abwandte und eilig an ihren Platz ging.

»Hast du ein Glück!«, jubelte Blanca und stopfte sich sofort eine Krokette in den Mund. »Guck mal, wie viel du gekriegt hast! Isst du die Torte?«

Mimi schüttelte den Kopf und schob ihr Tablett in die Mitte des Tischs; nur ihren Saftbecher hielt sie fest. Blanca und die anderen fielen über das Essen her, sogar über das trockene Hacksteak. Allein vom Zusehen wurde Mimi wieder schlecht, und sie schaute aus Angst, Ians Blick zu begegnen, auf ihren Rucksack, den sie unter dem Tisch im Schoß hielt. Ganz oben lag Dees Erdbeermäppchen, dessen Reißverschluss nicht ganz zu war, und Mimi dachte an das Zettelchen. Sie wusste, dass sie die Finger davon lassen sollte; es ging sie nichts an. Doch sie konnte nicht anders. Seit sie gesehen hatte, wie die beiden über dem Federmäppchen die Köpfe zusammensteckten, wollte sie etwas von dem abkriegen, was Dee und Osei teilten, was auch immer es war. Auch wenn sie dafür in den Sachen ihrer Freundin wühlen musste. Mimi blickte kurz auf: Die anderen Mädchen zankten sich gerade um die Zitronentorte. Unterm Tisch öffnete sie ihre Schultasche und zog den Zettel aus dem Mäppchen.

Darauf standen ein Name, eine Adresse und eine Telefonnummer:

Osei Kokote
4501 Nicosia Boulevard, Wohnung 511
652-3970

Mimi dachte nach. Sie lebten hier am Stadtrand, und die meisten Leute wohnten in Einfamilienhäusern. Mimi kannte nur ein Mädchen, das nicht in einem Haus, sondern in einer

Wohnung lebte, und dieses Mädchen hatte eine alleinstehende Mutter, da der Vater die Familie verlassen hatte, als es noch klein war. Ihre Wohnung lag im ärmeren Teil der Stadt. Aber der Nicosia Boulevard war eine große, beliebte Straße mit Büros, schicken Geschäften und modernen Wohngebäuden, die Marmoreingänge hatten und einen Parkservice wie in einem Hotel. Sie hatte sogar gehört, dass manche Wohnungen direkt über eigene Aufzüge erreichbar waren. Wenn Oseis Familie dort wohnte, konnte sie nicht so arm sein wie das Mädchen mit der alleinstehenden Mutter; dann war seine Familie eindeutig reich.

Dee konnte die Adresse nur aus einem Grund aufgeschrieben haben: Die beiden wollten sich außerhalb der Schule treffen. Klar, dass sie nie im Leben zu Dee gehen würden – ihre Mutter hätte Dee umgebracht dafür, dass sie sich mit einem Jungen traf, und dann auch noch mit einem schwarzen. Oseis Familie machte sich da bestimmt weniger Gedanken. Mimi konnte sich also darauf einstellen, dass Dee sie bald als Alibi benutzen würde – und wahrscheinlich würde es nicht bei einem Mal bleiben. Sie seufzte.

»Wir gehen seilspringen«, sagte Blanca, stand auf und streckte sich so ausgiebig, dass ihr rosa Oberteil hochrutschte und weite Teile ihres Bauchs freilegte, was natürlich kein Versehen war. »Kommst du mit?«

»Ja.« Mimi stopfte den Zettel wieder ins Mäppchen und überlegte, ob sie den Reißverschluss zumachen sollte oder nicht. Würde Dee merken, dass etwas anders war? Lieber alles so lassen.

»Was machst du da?« Ausnahmsweise interessierte sich Blanca mal für andere.

»Nichts, ich hab nur ein bisschen Saft verschüttet.« Mimi rieb über ihren Rucksack und schob dabei das Mäppchen hinein.

»Komm, mach schon!« Blanca lief zu dem Tisch, an dem Casper mit den anderen Jungen saß, legte ihm die Hände auf die Schultern und das Kinn auf den Kopf, sodass ihm ihre langen Locken ins Gesicht fielen. »Caahs-peehr«, sang sie gedehnt. »Kommst du?«

»Ähm.« Casper schob ihre Haare zur Seite; er sah verlegen aus. »Wohin soll ich denn kommen?«

»Weißt du nicht mehr? Du hast doch versprochen, dass du mir beim Seilspringen zuguckst!«

»Habe ich das?«

»Casper!« Blanca richtete sich auf und boxte ihn gegen den Arm. »Das hast du heute Morgen gesagt! Dann kannst du mich mal tanzen sehen.« Sie begann, fingerschnippend zwischen unsichtbaren Springseilen zu hüpfen, und sang dazu:

Unterwegs zum Jahrmarkt,
traf ich auf dem Trottoir
eine Señorita
mit Blumen im Haar.

»Oh Gott«, murmelte Mimi. Sie fing einen Blick von Osei auf, der sich Mühe gab, ein Lachen zu unterdrücken. »Hör auf, Blanca!«

Aber Blanca hörte nicht auf. Mit dem Rücken zu Casper zeigte sie ihm über die Schulter einen Schmollmund und fing an, beim Hüpfen mit den Hüften zu wackeln:

Beweg dich, Señorita,
komm, schüttel deine Glieder,
schüttel, schüttel, schüttel,
nochmal und immer wieder.

»Okay, okay!«, lenkte Casper ein. Um sich und allen anderen weitere Peinlichkeiten zu ersparen, stand er auf und ließ sich von Blanca wegziehen. Was auch immer Casper an Blanca gefiel – ihr Temperament, ihr Interesse, ihr erwachender Sex-Appeal –, er stand einfach auf dieses Mädchen.

Als Mimi dem Paar folgte, spürte sie Ians Gegenwart am Nachbartisch; sein Blick schien sich in ihren Kopf zu bohren, in ihre Gedanken einzudringen. Sie beeilte sich, den Schulhof zu erreichen.

*

Eine der schwierigsten Situationen im Alltag eines neuen Schülers ist der Moment der Suche nach einem Sitzplatz in der Kantine. Dort herrschen Chaos und Hektik, es gibt keine zugewiesenen Plätze, und so sitzt jeder mit seinen Freunden zusammen. Ein neuer Schüler hat aber noch keine Freunde, wo soll er sich also hinsetzen? Osei kannte das schon und wusste, dass es zwei Methoden gab, damit umzugehen. Man konnte als Erster in die Kantine gehen, sich an einen leeren Tisch setzen und die anderen kommen lassen. So beging man wenigstens nicht den Fehler, sich zu potenziellen Feinden zu setzen oder sich in eine Gruppe hineinzudrängen. Die anderen trafen ihre Wahl; was ihnen ohnehin lieber war. Andererseits bestand natürlich die Gefahr, dass sich niemand zu einem setzte und man allein blieb, von leeren Stühlen umringt wie das Niemandsland eines Atommülllagers.

Man konnte aber auch abwarten, sich ans Ende der Schlange stellen und dann selbst schauen, welche Möglichkeiten sich boten. Wenn es voll war, gab es in der Regel nur noch wenige freie Plätze, und wer in deren Nähe saß, konnte eigentlich nicht mehr aufstehen und weggehen. Allerdings befanden sich die einzigen freien Plätze häufig bei den unbeliebten Schülern, den Doofen, den Schwachen, den Stinkenden oder denen, die aus mysteriösen Gründen einfach nicht gemocht wurden. Es war keine gute Idee, als Sitznachbar dieser Leute in den neuen Schulalltag zu starten, denn das, was ihnen anhaftete, wurde man in der Regel selbst nicht mehr los.

Osei hatte beide Methoden ausprobiert und zog normalerweise die zweite vor. Es war ihm lieber, eine gewisse Kontrolle über das Geschehen zu haben oder es wenigstens vorhersagen zu können. Wenn es darauf hinauslief, dass er bei den Außenseitern landete, wollte er über dieses Schicksal lieber selbst entscheiden.

Allerdings hatte er heute keine Wahl, denn Dee hatte ihn aufgehalten, um seine Adresse und Telefonnummer zu erfragen; sie wollte ihn anrufen und vielleicht nach der Schule einmal bei ihm vorbeischauen. Ihre eigene Adresse hatte sie ihm nicht angeboten. Er hatte nicht gefragt, warum er nicht zu ihr kommen sollte, denn er kannte den Grund: Osei war bei Eltern nicht erwünscht. Frühere Besuche bei Mitschülern, mit denen er sich zum Spielen verabredet hatte, waren unerfreulich verlaufen. Erst der Schreck über seine Hautfarbe, dann das Schweigen und schließlich die übertriebene Höflichkeit der Eltern. Die Frage, ob er noch zum Abendessen bleiben wolle, war nie gestellt worden.

Er und Dee hatten sich noch eine Weile unterhalten und waren hinter den anderen zurückgeblieben. Als Dee die Uhrzeit sah, hatte sie sich erschreckt: »Ich komme zu spät! Mom bringt mich um!«

Oseis Mutter schimpfte, wenn er zu spät kam, mehr aber auch nicht; Tränen und Geschrei sparte sie sich für wichtigere Dinge auf. Aber Dees Mutter schien ihre Tochter fest im Griff zu haben. Dee hatte sich ihren Rucksack geschnappt und wollte schon losrennen, doch dann sah sie sich noch einmal um und gab ihm rasch einen Kuss, ehe sie davoneilte. Es war eine schnelle, spontane Geste, die ihn von einem Ohr zum anderen grinsen ließ. Er konnte sein Glück nicht fassen, dass ihn ein Mädchen wie Dee geküsst hatte.

Kaum war Dee verschwunden, wurde es wieder finster und öde um ihn herum. Dank Dee war Oseis Vormittag erträglich gewesen. Mehr noch als das: Sie hatte Farbe in seinen Tag gebracht. Ohne sie schlug alles wieder in Schwarz-Weiß um.

Osei war durchaus schon mit Mädchen befreundet gewesen. Nicht in Amerika, aber in Ghana. Wenn er im Sommer hinflog, traf er im Dorf seines Großvaters auf die Mädchen, mit denen er schon immer gespielt hatte. Alles war leicht mit ihnen, er fühlte sich nicht als Außenseiter, musste nichts erklären. Da war eine Vertrautheit – fast so wie mit seiner Schwester –, die das Zusammensein extrem vereinfachte.

In puncto Mädchen war er sogar schon weiter gegangen, in seiner früheren Schule in New York. Zu Beginn des Schuljahrs hatte es zwischen Jungen und Mädchen eine allgemeine Phase des Experimentierens gegeben, in der man sich in der Mittagszeit als Paar zusammentat, um sich am Nachmittag wieder zu trennen. Viel passiert war da nicht. Es war, als würde man jemanden beim Fangen abschlagen und dann schnell wieder wegrennen. Manchmal hielten die Paare Händchen oder gaben sich schnelle, nasse Küsse. Einmal berührte ein Junge ein Mädchen an der Brust, auch wenn da noch nicht viel war, bekam eine Ohrfeige und wurde zur Strafe vom Unterricht ausgeschlossen. Wochenlang wurde noch darüber geredet.

Es verblüffte Osei, dass ihm überhaupt Mädchen Beachtung schenkten, wurde er doch ansonsten allenfalls geduldet. Doch eines Tages – die ganze Klasse schien nur noch aus Paaren zu bestehen, als hätte ein Virus auf dem Schulhof gewütet und alle infiziert – kam ein Mädchen namens Toni auf ihn zu und fragte: »Magst du mich?« Bis dahin hatte es noch nie mit ihm gesprochen.

»Du bist in Ordnung«, antwortete er und versuchte, locker und amerikanisch zu klingen. Sie sah so enttäuscht und betreten aus – eine Mischung, deren Gefährlichkeit er sofort begriff –, dass er lieber noch einmal genauer hinschaute. Sie trug eine karierte Schlaghose und einen grünen Rollkragenpullover, der immerhin so eng war, dass Osei die Umrisse ihres noch ganz neuen Busens sehen konnte. »Dein Pullover gefällt mir«, fügte er hinzu, und sie lächelte und sah so erwartungsvoll aus, dass er wusste: Jetzt muss ich mehr sagen. Und er wusste auch, was, denn er hatte es in den letzten Tagen häufig aus dem Mund anderer Jungen gehört. »Willst du mit mir gehen?«, fragte er.

Toni sah sich um, als bräuchte sie den Rückhalt ihrer Freundinnen. Die standen etwas abseits, kichernd und flüsternd, und fast hätte Osei gesagt: »Lass gut sein, vergiss bitte einfach, dass ich dich gefragt habe.« Doch dann sagte sie ja, und so ging er mit ihr, was konkret bedeutete, dass man zusammen herumstand, während andere auf einen zeigten und kicherten. »Hast du Geschwister?«, fragte er schließlich, nur um höflich zu sein. Doch das rief auch bei Toni ein Kichern hervor, und da reichte es Osei, und er ging einfach weg. »Ich mache Schluss!«, rief sie ihm hinterher. »Ich gebe dir den Laufpass!«

Beinahe hätte Osei ihr den Stinkefinger gezeigt, doch dann stellte er sich vor, was seine Mutter gesagt hätte, wenn sie diese derbe amerikanische Geste – und dann auch noch gegenüber einem Mädchen – bei ihm gesehen hätte, und so verzichtete er darauf.

Beim nächsten Mädchen – Pam – kam er ein kleines bisschen weiter. Er fand heraus, dass sie zwei Schwestern hatte und dass ihre Lieblingsfarbe gelb war. Sie spazierten auf dem Schulhof herum und hielten Händchen. Als er jedoch Anstalten machte, sie zu küssen, stieß sie ihn zurück. »Du stinkst«, sagte sie. »Ich wusste, dass du stinken würdest.«

»Gut«, erwiderte Osei. »Ich wollte sowieso nicht mit dir gehen.« Es schien wichtig zu sein, dies als Erster gesagt zu haben, mit anderen Worten, der Schlussmacher zu sein und nicht derjenige, mit dem Schluss gemacht wurde.

Sofort rannte Pam zu ihren Freundinnen auf der anderen Seite des Schulhofs, wo die Mädchengruppe in empörtes Kreischen ausbrach wie ein Schwarm zorniger Möwen. In den restlichen Monaten, die Osei an dieser Schule verbrachte, hielten sie sich kollektiv von ihm fern wie von einer giftigen Pflanze, starrten ihn bei jeder Gelegenheit böse an, redeten und lachten laut über ihn. Sobald sich Osei hinter ihnen in eine Reihe stellte, entfernten sie sich demonstrativ. Mädchen konnten sehr viel nachtragender und gemeiner sein als Jungen, die ihre Streitereien offen austrugen und dann beilegten. Wie diese Mädchen ihn behandelten, war schwerer zu ertragen, als er gedacht hatte, und eigentlich der einzige Grund für seine Erleichterung, nach Washington zu ziehen und die Schule zu wechseln.

Seine Erfahrungen mit Toni und Pam kamen ihm rückblickend wie eine Theaterprobe für ein anderes Stück mit anderen Figuren vor, in dem er sich später wiederfinden würde – eine erste Probe noch mit dem Text in der Hand, in der keine Emotionen mitschwangen, sondern höchstens ein flüchtiges, durch den Körperkontakt ausgelöstes Lustgefühl oder vielleicht auch nur der Gedanke daran.

Mit Dee war es tatsächlich völlig anders, eine verführerische Mischung aus körperlicher Anziehung und Neugierde, die er bis dahin noch nie erlebt hatte. Ihr ahornsirupbrauner Blick in seinen getaucht, stellte sie viele Fragen und hörte ihm aufmerksam zu, während sie sich nickend zu ihm hinbeugte. Dee hätte niemals mit ihren Freundinnen über ihn gekichert, ihn schief angeguckt oder behauptet, er würde stinken. Die Neugier auf das, was ihn anders machte, ging bei ihr mit völliger Akzeptanz einher, und das schmeichelte ihm und weckte den Wunsch, sie in den Arm zu nehmen, die Wärme ihres Körpers zu spüren und die Schule, ja eigentlich die ganze Welt auszublenden.

Doch da stand er nun ohne sie, auf seinem Tablett das erkaltende Essen, das er in sich hineinzwingen würde, ausgeteilt von Frauen, die – da war er sich sicher – hinter seinem Rücken über ihn redeten. Er blickte über die lärmenden Tische voll schreiender, lachender Schüler, die mit Strohhalmen Luftblasen in ihre Milchpackungen pusteten und Kroketten hochwarfen, um sie mit den Mündern aufzufangen. Es war heiß und laut, ein komischer Geruch lag in der Luft, und es gab keine freien Plätze mehr außer an dem für die Loser reservierten Tisch. Davon gab es drei. Einer war der ungeschickte Fänger aus Oseis Kickball-Team, der so aussah, als könnte der komische Geruch von ihm ausgehen, der zweite hatte einen Silberblick, und der dritte wirkte wie jemand, der permanent traurig war. Erschrocken schauten sie zu Osei herüber. Vielleicht machte es ihnen Angst, dass möglicherweise ein Schwarzer neben ihnen sitzen würde, aber er hatte das Gefühl, dass es nicht nur das war. Nein, sie hatten vor allem Angst davor, mit einem *erfolgreichen* Jungen an einem Tisch zu sitzen. Einem Jungen, der den Ball weiter geschossen hatte, als sie es sich je erträumen könnten. Einem Jungen, der mit Dee zusammen war und dem gerade zwei Plätze gleichzeitig angeboten wurden, und zwar nicht an ihrem Tisch. Osei sah die Erleichterung in ihren Augen, als Casper ihn zu sich winkte und dem Jungen, der neben ihm saß, mit einem Nicken bedeutete, Platz zu machen. Im selben Moment war auch Ian halb aufgestanden. Osei würde also wählen müssen.

Obwohl die Sache eigentlich klar war. Gibt es eine Wahl zwischen Dunkelheit und Licht? Das Lächeln ist doch das, was Menschen anzieht, nicht das Stirnrunzeln. Osei tat, als hätte er Ian nicht gesehen, nickte Casper zu und ging an seinen Tisch, um sich neben ihn zu setzen. Doch er wusste, dass er eine heikle Entscheidung getroffen hatte, die sich als Bumerang erweisen konnte. Ian war jemand, der nicht gern ignoriert oder gar zurückgewiesen wurde.

»Hey«, sagte Casper.

»Hey«, wiederholte Osei, weil er es für klüger hielt, sich anzupassen. In New York sagten die Leute »Hi«, hier sagten sie nun einmal »Hey«. Er beugte sich über seinen Teller, nahm die Gabel und schob das abstoßende Hacksteak ein bisschen in der Sauce herum. Er dachte an die Coladose und das Sandwich, das seine Mutter ihm mitgegeben hatte; beides lag noch in seinem Pult. Schließlich wich er auf eine Krokette aus. Die sah zwar wenigstens halbwegs so aus wie das, was sie sein sollte, aber Osei dachte trotzdem an die Bratkartoffeln seiner Mutter und seufzte.

»Ist ziemlich eklig«, grinste Casper. »Das Essen ist nur freitags einigermaßen gut, da gibt's Pizza.«

In jeder Schule gab es einen Casper, der so beliebt war, dass er es sich leisten konnte, nett zu anderen zu sein. Wahrscheinlich war er sogar nett zu den drei Losern am Nachbartisch, einfach weil er es sich erlauben konnte. Casper konnte sich alles erlauben: Es stand ihm zu. Oseis Vater sagte immer, es sei besser, Umgang mit einem Mann zu pflegen, dessen Familie seit Generationen reich ist, als mit einem Armen, der sich hochgearbeitet hat und gemein zu denen ist, die noch dort sind, wo er herkommt. Letzteres traf möglicherweise auf Ian zu.

»Das mit dem Auto deiner Eltern tut mir wirklich leid«, sagte Osei, um das Thema aus der Welt zu schaffen.

Casper sah ihn verständnislos an. »Was ist damit?«

»Heute Morgen ist doch mein Ball darauf gelandet.«

»Ach so.« Er winkte ab. »Kein Problem.«

»Aber vielleicht ist ja eine Delle im Dach.«

»Ach was. Oldsmobiles sind unverwüstlich.«

Eine Zeit lang unterhielt sich Casper mit den anderen Jungen, sodass Osei in Ruhe essen konnte. Dann nutzte er eine Gesprächspause, um Osei eine Frage zu stellen und ihn wie selbstverständlich in die Gruppe einzubinden. »Als du in New York gewohnt hast, warst du da Jets- oder Giants-Fan?«

Darüber musste Osei nicht lange nachdenken. »Giants«, antwortete er wie aus der Pistole geschossen. »Ich würde niemals ein Team unterstützen, dessen Quarterback eine Nylonstrumpfhose anzieht!«

Der Tisch brach in lautes Gelächter aus. Jo Namath, Quarterback der New York Jets, hatte sich vor Kurzem für einen Werbespot in einer Nylonstrumpfhose filmen lassen, und dazu hatte jeder am Tisch etwas zu sagen.

»Schwuchtel!«

»Ich hab die Werbung gesehen, als meine *Mutter* mit im Zimmer war. Das war mir vielleicht peinlich!«

»Der muss 'ne ganze Menge Geld gekriegt haben, dass er so was macht.«

»Rasiert sich für den Werbespot die Beine! Man sieht ja, wie glatt die sind, und das kommt nicht von der Strumpfhose. Der hat sich wirklich die Beine rasiert!«

»Das würde ich meinen Beinen nie im Leben antun, nicht für alles Geld der Welt!«

»Schwuchtel!«

»Ist er nicht – am Schluss wird er doch von einer Frau geküsst.«

»Trotzdem ist er 'ne Schwuchtel!«

Inmitten dieses Aufruhrs grinste Casper Osei an. »Außerdem macht Namath zu viele Würfe, die abgefangen werden«, sagte er. »Sonny Jurgensen, der ist immer gut. In seinem Alter wirft er sogar an schlechten Tagen besser als Namath.«

Osei nickte, obwohl er nicht genau wusste, wer Sonny Jurgensen war. Wahrscheinlich Quarterback bei den Washington Redskins. Über die musste er sich dringend informieren, wenn er mit diesen Jungs klarkommen wollte. Eigentlich war ihm Baseball lieber, aber diese Stadt hatte kein Baseballteam.

Eine Mädchengruppe, die zum Tisch kam, bewahrte ihn davor, sein Unwissen offenbaren zu müssen. Die Lauteste der Gruppe bestand darauf, dass Casper kommen und ihr beim Seilspringen zuschauen sollte, und dann fing sie an, in einer Weise zu tanzen, die anstößig, aber irgendwie auch lustig war. Unter den Mädchen war auch Dees Freundin Mimi, mit der Osei in der ersten Pause geredet hatte; sie machte einen freundlichen Eindruck. Ihre Wangen waren so rot, als hätte sie sich etwas draufgeschmiert, und ihre Zahnspange funkelte. Im Dorf seines Großvaters hätte ihr leuchtend rotes Haar Aufsehen erregt. Weiße Haut war ja schon eine kleine Sensation, und dann noch rote Haare – das hatte etwas Unheimliches. »Komm jetzt, Blanca«, sagte sie leise und zog das laute Mädchen am Arm. »Sonst müssen wir gleich eine Runde aussetzen.« Sie sah Osei an und zog eine Grimasse, worauf er ihr zulächelte.

»Casper ist schuld«, gab Blanca zurück. »*Der* braucht so lange!«

Casper seufzte übertrieben verzweifelt und ließ sich mit einem an Osei gerichteten Achselzucken von Blanca fortziehen.

Vermutlich glaubte er, Osei einen Gefallen damit zu tun, dass er ihm nicht anbot mitzukommen: Welcher Junge schaute schon freiwillig den Mädchen beim Seilspringen zu? Doch kaum war er fort, schlug die Atmosphäre um. Mit Casper als Beschützer hatte sich Osei in Sicherheit gefühlt und begonnen, sich zu entspannen, vielleicht sogar ein bisschen zu sehr. Die Jungen um ihn herum waren zwar sportlich und so beliebt, dass sie zu Caspers Kreis gehörten, doch ohne ihn als Anführer fehlte ihnen jedes Selbstbewusstsein. Osei hatte das Gefühl, als rückten alle am Tisch plötzlich ein kleines Stück von ihm ab, sodass er doch wieder zum Außenseiter wurde. Die Witze über Joe Namath hatten nicht genügt. Nun musste er wieder wachsam sein.

Duncan, der in der Klasse ihm gegenüber saß, beobachtete ihn genau. Als Osei ihm direkt in die Augen sah, wich er dem Blick aus. »Darf ich dich etwas fragen?«, sagte er schließlich.

»Das hängt von der Frage ab.«

»Wie wäschst du deine Haare?«

Osei kannte diese Neugierde. Weiße stellten immer Fragen, die mit Haarpflege zu tun hatten. Und konnten Schwarze eigentlich auch einen Sonnenbrand bekommen? Oder braun werden? Waren sie von Natur aus besser im Sport und wenn ja, warum? Waren sie bessere Tänzer? Hatten sie ein besseres Rhythmusgefühl? Warum bekamen Schwarze keine Falten? In der Zeit vor Oseis unfreiwilligem Friseurbesuch – als er noch seinen prächtigen Afro hatte – war es in der Schule beim Schlangestehen manchmal vorgekommen, dass die Mädchen hinter ihm staunend seine Haare berührten und dann ihre Finger an ihren Röcken abwischten. Sich umzudrehen und dasselbe zu tun, wäre für ihn unmöglich gewesen – dann hätten *sie* gekreischt, und *er* hätte den Ärger bekommen. Dabei hätte er auch gerne einmal ihre Haare angefasst – das lange, seidige Haar der weißen Mädchen war für ihn genauso kurios wie sein buschiger Afro für sie. Pams Haare hatte er, bevor er mit ihr Schluss machte, sogar einmal kurz berührt; aber zum ersten Mal richtig angefasst hatte er die Haare eines weißen Mädchens erst heute in der Pause, als er Dees Kopf gestreichelt hatte. Wobei ihre Haare ja zu Zöpfen geflochten waren. Nach dem Mittagessen würde er sie bitten, die Zöpfe aufzumachen, damit er ihr offenes Haar anfassen und seine Finger darin vergraben konnte.

»Hey, hast du gehört, was ich gefragt habe?«

»Wie?« Durch den Gedanken an Dees Haare abgelenkt, hatte Osei vergessen, Duncans Frage zu beantworten. »Ach so, ich benutze einfach ein Shampoo, das Kokosöl enthält.«

Duncan zog die Nase kraus, als würde etwas stinken. »Öl? Werden die davon nicht fettig?«

»Eigentlich nicht.«

Duncan schien nicht gerade überzeugt. Osei erhob sich; er wollte lieber auf den Schulhof gehen, als hier zu hocken und einen weißen Jungen über afrikanische Haarpflege aufzuklären.

Nach der Schule, dachte er plötzlich, würde er Sisi davon erzählen und mit ihr darüber lachen, dass man immer dieselben Fragen zu hören bekam, ob in London, Rom oder Washington. Doch dann fiel ihm wieder ein, dass Sisi ja gar nicht da war zum Reden.

Völlig entgeistert war seine Schwester gewesen, als ihr Vater nach Washington versetzt wurde; sie hatte ihre Eltern bekniet, sie bis zum Ende des Schuljahrs noch in New York bleiben zu lassen, wo sie bei einer Freundin wohnen könne. Sisi wurde immer geschickter darin, ihren Willen durchzusetzen: Sie bat nicht gleich um Erlaubnis, die letzten zwei Highschool-Jahre in New York zu bleiben, obwohl sie genau das plante. Am Nebenanschluss hatte Osei mit angehaltenem Atem gelauscht, als sie mit Freundinnen darüber sprach. »Black is *beautiful*« war der Satz, mit dem sie ihre Telefonate beendete.

Sisi war so überzeugend gewesen, dass ihre Eltern zugestimmt hatten: Während die Kokotes also nach Washington zogen, durfte sie die restlichen Wochen des Schuljahrs bei der Familie einer Freundin in New York bleiben. Osei wollte seinen Eltern erzählen, was er von ihren heimlichen Aktivitäten wusste, hatte aber beschlossen, erst mit ihr darüber zu sprechen. Eines Abends kurz vor dem Umzug setzte er sich ans Fußende ihres Bettes und schaute zu, wie Sisi vor ihrer Frisierkommode ein Seidentuch um ihre Haare schlang und sich das Gesicht und die Arme mit Kakaobutter eincremte. Er war in ihr Zimmer gegangen, um sie zu bitten, doch mit nach Washington zu kommen. Da kannst du auch Leute kennenlernen, die afrikanische Namen annehmen und afrikanische Kleider tragen und über die Befreiung der Schwarzen reden, würde er ihr sagen. Lass mich nicht mit unseren Eltern allein, war das, was er eigentlich dachte. Was ist, wenn ich jemanden zum Reden brauche? Bin ich denn nicht genauso wichtig wie Black Power und Panafrikanismus? Er hatte schon die Lippen geöffnet, um anzufangen, da sah ihn Sisi im Spiegel an und sagte amüsiert: »Was ist los, kleiner Bruder? Wolltest du dir vielleicht ein Spielzeug ausleihen? Du kannst jetzt alles haben.« Sie deutete auf das mit überflüssig gewordenen Puppen und Brettspielen gefüllte Regal.

»Vergiss es«, murmelte er und stolzierte hinaus, ohne auf ihre Rufe zu reagieren. »Warte, Osei! Was ist denn?« Als sie an seine Zimmertür klopfte, schrie er »Geh weg!« und drehte das Radio laut. Es war leichter, wütend auf ihre herablassende Haltung zu reagieren, als ihr zu sagen, was er wirklich empfand. Jetzt wünschte er sich, er hätte ihr die Tür aufgemacht oder wenigstens seinen Eltern einen Hinweis gegeben, was Sisi vorhatte.

In Washington fehlte ihm seine Schwester sehr, sogar die neue, radikale Sisi, die jetzt nur noch ein verschwommener, ferner Punkt am Ende einer Telefonleitung war. Am Abend vor seinem ersten Tag in der neuen Schule hatten sie zwar kurz telefoniert, aber Sisi hatte nichts von Bedeutung gesagt und ihn wieder »kleiner Bruder« genannt. »Irgendwann bin ich größer als du!«, war er ihr ins Wort gefallen. Was sie einfach ignoriert und ihm dumme Fragen über die neue Wohnung gestellt hatte. Jetzt wusste er endgültig, dass es nicht gehen würde – was auch immer in der neuen Schule passieren würde, er könnte sich Sisi nicht anvertrauen, könnte ihr nichts von dem erzählen, was andere Kinder zu ihm sagten und mit ihm taten, nichts von den Situationen, die ihm täglich in Erinnerung riefen, dass er anders war, nichts von dem Gefühl der Entfremdung, das langsam immer größer wurde.

Mit einem »*Black* is beautiful, das sagst du doch immer!«, hatte Osei das Telefonat abrupt beendet und den Satz dabei absichtlich andersherum betont als sie. Bevor der Hörer auf die Gabel knallte, hörte er noch ihren Aufschrei.

War Schwarz wirklich schön? Er wollte über solche Fragen nicht nachdenken müssen. Er wollte einfach nur Ball spielen, über Joe Namath lachen, Dees Haare berühren und den Duft nach Herbal-Essence-Shampoo riechen.

Als Osei die Kantine verließ, tauchte Ian neben ihm auf, was ihn erleichterte, weil es schwieriger war, einen Schulhof allein zu betreten als in Begleitung – auch wenn es jemand wie Ian war. Osei konnte ihm sogar seine Bemerkung über die größere Sportlichkeit der Schwarzen verzeihen; er hatte schon Schlimmeres gehört. Allerdings fragte er sich, ob Ian es *ihm* verzeihen würde, dass er sich neben Casper gesetzt hatte.

Anscheinend schon. Ian sagte nur »Hey«.

»Hey«, erwiderte er, blieb aber auf der Hut.

Gemeinsam gingen sie über den Schulhof, hinter ihnen ein Junge namens Rod, den Ian irgendwann verscheuchte. Viertklässler spielten Kickball. Auf dem Piratenschiff erprobten sich ein paar Fünftklässler im Armdrücken. Die Mädchen waren mit Himmel und Hölle und Seilspringen beschäftigt. Blanca hatte sich an Casper gelehnt, was er gnädig zuließ. Osei fiel auf, dass die anderen Schüler, sobald er mit Ian in ihre Nähe kam, zu Boden schauten wie Menschen, die den Blickkontakt mit einem unberechenbaren Hund mieden, der freundlich sein, aber auch zuschnappen konnte. Einige der Schüler, an denen sie vorbeigingen, warfen Osei seltsame Blicke zu. Während er so mit Ian über den Schulhof ging, hatte er ein bisschen das Gefühl, in eine Gang eingeführt zu werden – nur wusste er leider nicht, ob er das überhaupt wollte, und auch nicht, ob er als neues Mitglied wirklich erwünscht war. Er überlegte, wie er Ian loswerden konnte, ohne ihn zu verärgern.

Vor dem Piratenschiff blieben sie stehen, um beim Armdrücken zuzuschauen. Der eine Junge war eindeutig kräftiger, aber der andere hatte einen günstigeren Winkel erwischt und konnte seinem Gegner standhalten, die Arme der beiden zitternd vor Anstrengung.

Ian sah sich um; er schien auf etwas aufmerksam geworden zu sein. »Mm«, machte er plötzlich. »Find ich nicht gut.«

»Was hast du gesagt?«

»Nichts.« Ian zuckte mit den Schultern. »Also, hm ... Ich weiß nicht. Nee, ist nicht so wichtig.«

Eigentlich schien Ian kein zögerlicher Typ zu sein. »Was findest du nicht gut?«, fragte Osei nach.

Jetzt richtete Ian seine blassen Augen auf ihn. »Ich dachte, ich hätte da was gesehen, das ist alles. Aber vielleicht täusche ich mich.«

»Was denn?«

Ian fixierte ihn eine Sekunde länger, als es Osei angenehm war. »O.k., Bruder. Guck mal zu den Seilspringerinnen rüber.«

Du bist nicht mein Bruder, dachte Osei. Er hasste es, wenn Weiße dieses Wort benutzten und versuchten, sich damit die Coolness der Kultur der Schwarzen anzueignen, ohne in ihrer Haut zu stecken und auch den Preis zu zahlen. Trotzdem blickte er über den Schulhof. Da waren zwei Springseilgruppen, und eine der Springerinnen war Blanca. Ringsum standen einige Mädchen, die zuschauten. Er konnte nichts Außergewöhnliches feststellen; Szenen wie diese hatte er schon etliche Male auf diversen Schulhöfen gesehen. Seilspringen war etwas, das Mädchen offenbar Spaß machte. Osei konnte nicht verstehen, was daran reizvoll war. Er machte lieber Spiele, bei denen man vom Fleck kam. »Und was soll ich da sehen?«

»Da, schon wieder. Casper.«

Zwischen den Mädchen war Casper der einzige Junge. Gerade nahm er etwas aus einer offenen Hand, die sich zu ihm hinstreckte. Dees Hand. Sie war zurückgekommen, und er hatte es nicht bemerkt. Weil sie nicht zu ihm gekommen war. Und jetzt gab sie einem anderen Jungen etwas zu essen, denn Osei sah, dass sich Casper etwas in den Mund steckte.

»Was war das?«

Ian fixierte die beiden mit zusammengekniffenen Augen. »Erdbeeren«, sagte er nach einer Weile. Ein plötzlicher Groll stieg in Osei hoch, den er mit aller Kraft zu unterdrücken versuchte. Das feine Lächeln, das über Ians Gesicht huschte, verriet ihm, dass er seine Gefühle nicht hatte verbergen können.

*

Es war beeindruckend, wie leicht ein einziges Wort diesen schwarzen Jungen erschüttern konnte. Dass die unglückselige Dee just in diesem Moment mit einer Handvoll Erdbeeren hier aufgetaucht war, hätte Ian selbst nicht besser einfädeln können.

Osei wollte hingehen, doch Ian hielt ihn zurück, wobei er peinlich genau darauf achtete, nicht mit seiner dunklen Haut in Berührung zu kommen. »Lass doch erst mal schauen, was sie machen«, sagte er. »Das ist jetzt die zweite Erdbeere, die sie ihm gegeben hat.« Unter Ians und Oseis Blicken zupfte Casper die Blätter ab, schob sich die Erdbeere in den Mund und grinste Dee an, die sichtlich erfreut zurückgrinste.

»Die scheinen aber gut zu schmecken«, bemerkte Ian. »Ich frage mich, ob sie vorhat, ihm alle zu geben.«

Für einen kurzen Moment legte sich Oseis Stirn in Falten, die er schnell zu glätten versuchte. »Ich liebe Erdbeeren«, sagte er in einem Ton, dessen Munterkeit Ian nicht täuschen konnte. Jetzt musste er nur noch ein bisschen fester zudrücken, damit der blaue Fleck auch wehtat.

»Die Erdbeeren sind wahrscheinlich aus dem Garten von Dees Mutter«, sagte er. »Die pflanzt sie selbst an. Sie sind viel süßer als die Erdbeeren, die man im Laden kaufen kann.«

»Hast du sie mal probiert?«

»Ich? Nein. Hab nur davon gehört.« Ian würde ihm nicht sagen, dass Dee jedes Jahr zur Erdbeersaison der ganzen Klasse welche mitbrachte.

»Typisch Casper, dass er als Erster probieren darf.«

Wieder reagierte Osei sofort. »Was meinst du damit?«

»Na ja ... der kriegt doch alles, was er will, oder? Die Mädchen sind verrückt nach ihm – und zwar alle.«

»Aber ... er ist doch nett. Er war nett zu mir.«

»Klar war er nett zu dir. Ist ja auch die leichteste Methode zu kriegen, was er will.«

»Was will er denn?«

Ian nahm sich Zeit; langsam ließ er den Blick über den Schulhof wandern, auf dem er sich so gut auskannte. Bald würde er ihn verlassen und sich auf größeren, härteren Schulhöfen zurechtfinden müssen. »Da sage ich lieber nichts zu, geht mich ja nichts an.«

Osei zwang sich, Dee und Casper für einen Moment aus den Augen zu lassen, und sah ihn an. »Was soll das heißen?«

Schulterzuckend kostete Ian den Moment aus. Kein Grund zur Eile.

»Wenn es etwas gibt, das du mir sagen müsstest, dann sag es bitte.« Oseis dunkle Augen flackerten, während das restliche Gesicht regungslos blieb. Ian fragte sich, wie es wohl wäre, sich mit ihm zu prügeln.

»Hör zu, es ist toll, dass du mit Dee gehst«, sagte er schließlich. »Beeindruckend, schließlich bist du ja schw... neu hier.

Du kommst schnell zur Sache. Alles an einem Vormittag! Vielleicht klappt es ja.«

»Aber … Ich weiß, dass jetzt noch ein ›aber‹ kommt.«

Ian machte eine Kopfbewegung, die weder ja noch nein bedeutete. »Dee ist wahrscheinlich das Mädchen, mit dem die meisten Jungen aus Stufe sechs gehen wollen.«

»Nicht Blanca?«

Ian schnaubte. »Nee, die ist zu banal. Zu … billig. Ich wundere mich, dass es Casper mit der aushält.«

»Und was ist mit Mimi?«

Ian erstarrte. »Was soll mit der sein?« Es sollte beiläufig klingen.

»Sie ist … interessant. Sie hat mir gesagt, dass sie manchmal Visionen hat.«

»Was?«

Osei zuckte vor seinem scharfen Ton zurück, und Ian versuchte, sich zu beherrschen.

»Ist sie deine Freundin? Tut mir leid, das wusste ich nicht.«

Ian fragte sich, warum Osei es für nötig hielt, sich zu entschuldigen. »Was hat sie gesagt?«

»Nichts. Nichts Besonderes.«

»Was *hat* sie denn gesagt?«, wiederholte Ian leichthin, doch der drohende Unterton war nicht zu überhören.

»Das war kein Riesenthema.« Osei hob die Schultern. »Sie hat nur gesagt, dass sie manchmal Kopfschmerzen hat und dann so ein flirrendes Licht sieht. Aura hat sie das genannt. Sie hat gesagt, dann spürt sie, dass etwas passieren wird.«

»Aha.« Was sollte das, warum erzählte Mimi diesem schwarzen Typen Dinge, die sie *ihm* nicht erzählte? In der Pause hatten die beiden doch nur eine Minute geredet – offensichtlich hatte Mimi da einiges reingepackt. Ihre Kopfschmerzen und Vorahnungen interessierten Ian nicht, er wollte nur nicht, dass andere mehr über sie wussten als er.

»Egal, du wolltest doch etwas über Dee und … Casper sagen.«

»Stimmt.« Ian zwang sich, seinen aufwallenden Zorn zu bremsen, der die Falle zu zerstören drohte, die er so sorgfältig ausgelegt hatte. »Casper ist der beliebteste Junge der ganzen Schule. Und Dee ist … ich sag's mal so, die beiden würden an jeder Schule als Traumpaar gelten. Du verstehst?«

Osei nickte.

»Casper geht mit Dee.«

»Aber sie ist mit *mir* zusammen.«

»Klar … nur dass sie *dich* nicht mit Erdbeeren versorgt, stimmt's?«

Osei schüttelte den Kopf wie ein verletzter Bär, der für einen Moment die Orientierung verloren hat. »So schnell kann Dee ihre Meinung unmöglich geändert haben. Wir haben doch gerade erst angefangen, miteinander zu gehen.«

»Klar, sicher.« Ian tat so, als ruderte er zurück. »Du hast recht. Vergiss, was ich gesagt habe. Außerdem bringt Dee bestimmt nochmal Erdbeeren mit. Dann kriegst du auch welche.« Er schwieg. »Aber es ist schon komisch, dass sie nicht direkt zu dir gekommen ist. Bist du sicher, dass sie mit dir geht?«

»Willst du damit sagen, dass sie Schluss gemacht hat? So schnell? Zwischen dem letzten Pausengong und jetzt?« Oseis Stimme war schrill geworden.

»Das habe ich nicht gesagt«, beschwichtigte ihn Ian. »Ich will ja nur sagen: Hab ein Auge auf sie. Und was Casper betrifft, pass auf. Natürlich verhält er sich nett, aber das heißt nicht, dass er auch nett *ist*.«

Ian hätte noch einiges hinzufügen können, doch dazu fehlte die Zeit – Dee hatte Osei erblickt und stürmte über den Schulhof auf sie zu. »Ich hab's geschafft, früher wiederzukommen«, sagte sie und legte Osei eine Hand auf die Schulter. »Ich habe meiner Mutter erzählt, wir hätten eine Probe für unser Theaterstück, und sie hat mir geglaubt!« Aus Dees Stimme klang die Ungläubigkeit eines Menschen, der es nicht gewohnt ist zu lügen und staunt, wenn es funktioniert.

»Hey, vielleicht kannst du ja auch noch bei dem Stück mitmachen.«

»Was macht ihr denn?«, fragte Osei.

»Shakespeare – *Ein Sommernachtstraum*. Wir proben schon seit einer Weile, aber es gibt jede Menge Rollen. Du könntest einen Elfen spielen oder einen der Handwerker, die ein Stück aufführen.«

»Wen spielst du?«

»Hermia, das ist eine der weiblichen Hauptrollen.«

»Ist das nicht eine, die sich nacheinander in alle Jungen verliebt?«, warf Ian ein. »Total flatterhaft. Schön für die Jungs.«

»Aber nur, weil *du* dafür sorgst. Wegen *deiner* Zauberei«, entgegnete Dee, als sie sah, dass sich Oseis Miene verfinstert hatte. »Und weil es eine Komödie ist, wird am Ende alles gut.«

»Wen spielst du?« Osei sah Ian an.

»Er spielt Puck«, sagte Dee. »Den Diener des Elfenkönigs, der für den ganzen Unfug sorgt, der in dem Stück passiert. Aber jetzt schau mal, was ich hier habe!« Sie hielt eine Papiertüte hoch. »Erdbeeren! Die ersten in diesem Jahr. Ich habe dir welche mitgebracht.«

»Nur mir?«

»Ich wusste nicht, ob du schon einmal welche gegessen hast. Gibt es in Ghana Erdbeeren?«

»Habe ich – in New York und Europa, nicht in Ghana.«

»Hier, probier mal eine. Du glaubst gar nicht, wie süß die sind.« Dee griff in ihre Tüte und hielt ihm eine leuchtend rote, makellos herzförmige Erdbeere hin.

»Ich habe keinen Hunger.«

Dee lachte. »Erdbeeren isst man doch nicht, weil man Hunger hat, sondern weil man sie mag!«

Zufrieden beobachtete Ian die beiden. Die Macht seiner Worte hatte den schwarzen Jungen in eine kalte Statue verwandelt, wovor Dee in ihrem Gefühlsrausch offenbar die Augen verschloss. Ian wartete; der Schmerz würde schon noch kommen, schneidend wie eine Messerklinge.

Doch dann entspannte sich Osei. »Also gut.« Er nahm die Erdbeere, hielt sie an den Blättchen fest und biss hinein. Es dauerte nicht lange, und ein Lächeln breitete sich über sein Gesicht. »Wow, die schmecken aber *wirklich* gut. Sehr gut. Und sie sind aus dem Garten deiner Mutter?«

In Dees Freude über Oseis Reaktion mischte sich eine Verwirrung, die ihrem Gesicht sofort abzulesen war. »Woher weißt du das?«

Ian machte einen Schritt nach vorn. »Kann ich auch eine probieren?«

»Äh … ja, klar.« Während Dee wieder in die Tüte griff, betrachtete Ian Osei. Seine glatte Stirn hatte sich wieder in Falten gelegt, die tiefer wurden, als Ian in die Erdbeere biss und sich den Saft übers Kinn laufen ließ. Sie schmeckte wirklich gut, das merkte auch Ian, obwohl er sich nichts aus Erdbeeren, generell nichts aus Süßem machte.

»Haben die Erdbeeren Casper auch geschmeckt?«, fragte er und wischte sich mit dem Handrücken über den Mund.

Worauf Dee das Gleiche tat wie Osei: Sie runzelte die Stirn. »Ja. Komm, wir gehen zu den Bäumen.« Die Aufforderung galt nur Osei. Sie fasste ihn an der Hand, zog ihn zum Sandkasten unter den Zypressen und ließ Ian allein zurück.

Allerdings nicht lange: Schon kam Rod, der auf dem Piratenschiff bei den Armdrückern ausgeharrt hatte, angerannt. »Hat es funktioniert?« fragte er, dem Paar sehnsuchtsvoll hinterherblickend. »Sieht aber nicht so aus!«

Nachdenklich betrachtete auch Ian die beiden, wie sie Händchen haltend unter den Bäumen saßen und Dee ihrem Freund gerade die nächste Erdbeere gab. Dann schaute er zu Casper, der Blanca mit Besitzerstolz beim Seilspringen zusah. Sie waren wie die Figuren eines Stückes, dem noch eine Szene fehlte, der Faden, der alles zusammenführen würde. Und diesen Faden hielt Ian in der Hand. Es war ein befriedigendes Gefühl zu wissen, dass er sie alle unterkriegen würde – nicht nur diesen Schwarzen, sondern auch den Sonnyboy und das

Goldmädchen der Schule. Bisher waren Casper und Dee wie die Teflonpfanne, in der seine Mutter Spiegeleier briet – nichts blieb dran kleben. Noch nie war es ihm gelungen, sie anzugreifen; sie bewegten sich auf einem höheren Niveau als er. So viel Bewunderung wie ihnen würde Ian niemals entgegenschlagen. Casper und Dee zu bezwingen, sollte dennoch das Geschenk sein, das er sich selbst zum Schuljahresende machen würde. Natürlich drohte die Gefahr, gemeinsam mit ihnen abzustürzen; doch dieses Risiko erregte ihn genauso wie die Macht, die er auszuüben gedachte.

Er warf einen Blick auf Rod, der so sichtlich erpicht darauf war mitzumachen, und fasste einen raschen Entschluss. »Geh zu Casper und bring ihn dazu, dich zu schlagen. Provozier ihn mit irgendwas«, befahl er ihm aus dem Stand. »Aber du darfst nicht verraten, dass ich dahinterstecke, wenn dich die Lehrer hinterher fragen. Und das werden sie.«

Rods Mund klappte auf. »Was? Warum? Ich will aber nichts abkriegen! Und was hat Casper überhaupt damit zu tun?«

»Es ist die beste Methode – der indirekte Weg. Damit der Schwarze nicht merkt, dass wir etwas damit zu tun haben.«

»Womit?«

»Wir wollen, dass er denkt, Dee würde ihn mit Casper aufs Kreuz legen. Das kriegen wir am besten hin, wenn wir Dee dazu bringen, ganz viel mit ihm über Casper zu reden und Casper dann auch noch zu verteidigen. Das wird ihn auf die Palme bringen. Er ist jetzt schon ein bisschen misstrauisch gegenüber Casper. Das gibt ihm hundertprozentig den Rest.«

Rod schüttelte verstört den Kopf. »Ich verstehe nicht, was das soll – das ist mir zu kompliziert. Warum soll ich mich mit Casper schlagen und nicht einfach mit dem schwarzen Jungen?«

»Weil das zu nichts führt. Du willst doch nicht, dass er zum Opfer wird – dann mag ihn Dee nur noch lieber.« Ian hatte Mühe, einen Plan zu erklären, den er selbst noch nicht ganz zu Ende gedacht hatte, wenn er auch intuitiv wusste, dass er funktionieren würde. Für solche Dinge hatte er schon immer ein Gespür gehabt. »Hör zu, willst du, dass Dee dir eine Chance gibt oder nicht?«

Rod schaute zu Dee und Osei hinüber, die unter den Zypressen im Sand saßen. Osei hatte ihr einen Arm auf den Rücken gelegt und lachte, die Zähne strahlend weiß gegen seine schwarze Haut. Rod drehte sich wieder zu Ian um. »Aber was soll ich dem sagen? Casper rastet nie aus.«

»Sag etwas über Blanca. Etwas Schmutziges.«

Rods gerötete Wangen wurden noch röter.

»Dir fällt bestimmt was ein«, fügte Ian hinzu. »Los. Mach's einfach. Sonst hat dir der Neue bald das Mädchen ausgespannt. Willst du das? Willst du, dass Dee mit einem *Schwarzen* geht? Glaub mir, genau das wird passieren, wenn du dich nicht mit Casper prügelst.«

Rod holte tief Luft, ballte die Fäuste zu einer Siegergeste und stolperte auf die seilspringenden Mädchen zu.

Ian seufzte. Er wünschte sich, jemand Verlässlicheres hätte den Job für ihn erledigt. Ihm war klar, dass er Rod und Casper von jetzt an keinerlei Beachtung mehr schenken durfte, wenn er sich nicht verraten wollte. Im Übrigen hatte er keine Lust, mit anzusehen, wie Rod es vermasselte – was er ja höchstwahrscheinlich tun würde. Ian würde natürlich jede Beteiligung abstreiten, und er wusste, dass er die Oberhand behalten würde, wenn sein Wort gegen das von Rod stand.

Er beschloss, zu den Armdrückern zu gehen. Die Jungen, die eine Art Turnier daraus gemacht hatten, waren im Halbfinale angelangt, das Ian nun verfolgte. Als die beiden Sieger feststanden und sich fürs Finale bereit machten, schaltete er sich ein.

»Ab jetzt werden Wetten angenommen!«, verkündete er. Wenn er Wettgeschäfte einfädelte, behielt er von den eingezahlten Süßigkeiten und dem Geld immer einen Anteil von vierzig Prozent zurück, was er damit begründete, dass er ja das Risiko einging, bestraft zu werden, falls ein Lehrer sie erwischte. Manchmal überraschte es ihn, dass niemand Einwände dagegen erhob. Alle schienen Angst zu haben, mit ihm zu feilschen.

Als Ians Stimme ertönte, schnellten die Köpfe in seine Richtung, und das Unbehagen war sofort zu spüren. Unbehagen und auch Groll, denn einige Jungen hatten eindeutig das Gefühl, dass ihnen mal wieder der Spaß verdorben wurde. Für spätere Zwecke merkte sich Ian ihre Namen.

»Kommt schon, dann macht's mehr Spaß«, insistierte er. »Sonst ist es doch langweilig – einfach nur Armdrücken. Wenn ihr Wetten abgebt, ist es viel spannender für euch, wer gewinnt.«

Wie viel er eingenommen hätte, sollte er nie erfahren, denn vom anderen Ende des Schulhofs her wurden sie durch Schreie unterbrochen. »Prü-ge-lei! Prü-ge-lei!«

Wie Ratten strömten die Jungen vom Schiff hin zu dem Kreis aus Schülern, der sich in der Seilspringzone bereits gebildet hatte. Prügeleien, zu denen es nur alle paar Wochen kam, waren das Highlight der Pausenunterhaltung, natürlich vor allem dann, wenn man selbst nicht beteiligt war. Ian folgte den Schaulustigen mit leichtem Abstand, er wusste ja, wer die Kontrahenten waren und was er dort sehen würde.

*

Dee hatte gerade für Osei ihre Zöpfe aufgeflochten, da hörten sie die Sprechchöre: »Prü-ge-lei! Prü-ge-lei!« Sie sahen sich an, doch der Aufruhr war einfach zu groß. Widerstrebend standen sie auf, um sich der Zuschauermenge anzuschließen.

Es überraschte Dee, dass sich ausgerechnet Casper und Rod in dem Kreis aus Schülern, der sich gebildet hatte, gegenüberstanden. Casper prügelte sich nie.

»Was hast du gesagt?«, brüllte er gerade.

»Du hast es doch gehört.« Rod wippte nervös auf den Zehen.

»Nimm das zurück!«

»Nein! Es stimmt!«

»Lass ihn so was nicht sagen, Casper!«, rief Blanca dazwischen. Wäre sie nicht von Mimi zurückgehalten worden, hätte sie sich zwischen die beiden Jungen gedrängt.

»Nimm – das – zurück.«

»Nein!« Rod machte einen Satz auf ihn zu und tat so, als wollte er auf ihn losgehen, worauf Casper reflexhaft mit einem Boxhieb reagierte, der den anderen nicht unbedingt treffen, sondern vor allem abwehren sollte. Tatsächlich landete seine Faust jedoch mitten in Rods Gesicht, und Rod ging sofort zu Boden. Die Menge rang nach Luft, und Blanca schrie auf. Die Hände an sein Auge gepresst, lag Rod auf dem Rücken, über ihm mit noch immer geballten Fäusten der verwirrte Sieger, der gar nicht zu begreifen schien, was er getan hatte.

Dee warf Osei, der neben ihr stand, einen Blick zu. Der Ausdruck, mit dem er Casper anstarrte, war schwer zu deuten: Überraschung und Faszination lagen darin und noch etwas anderes. Wachsamkeit. Distanz. Wertung. Und etwas Dunkles, das ihr schon einmal kurz aufgefallen war, als Osei die angebotene Erdbeere abgelehnt hatte.

Blanca war ganz mit Schreien beschäftigt, an ihrer Seite Mimi. Dee wusste, dass sie zu ihr gehen sollte, doch sie zögerte, weil sie sich nicht in das Drama hineinziehen lassen wollte. Bis zum Ende des Schuljahrs, vielleicht sogar noch auf der Junior High würde Blanca über nichts anderes mehr reden.

Rasch tauchten zwei Lehrer auf: Miss Lode, die Rod vom Boden hochhalf, ihm feuchte braune Papiertücher ans Auge hielt und mit ihm zum Sanitätsraum entschwand, und Mr Brabant, der den Übeltäter am Arm packte und Casper mit hängendem Kopf in Richtung Schulgebäude abführte.

Als sie fort waren, löste sich der Zuschauerkreis in kleinere Gruppen auf, die sich darüber austauschten, was geschehen war. Dee hörte die Gespräche.

»Rod hat gar nichts gemacht – Casper ist einfach auf ihn losgegangen!«

»Irgendwas *muss* er doch gemacht haben.«

»Ich fasse es nicht, ausgerechnet Casper! Der prügelt sich doch nie! Ich glaube, der war noch kein einziges Mal an einer Prügelei beteiligt.«

»Wie kommt er dazu, so etwas Dummes zu tun und seinen guten Ruf aufs Spiel zu setzen?«

»Rod hat irgendwas zu ihm gesagt. Das habe ich gesehen. Er ist zu ihm hingegangen und hat irgendwas gesagt.«

»Was denn?«

»Das muss ziemlich übel gewesen sein, wenn er so reagiert.«

»Richtig übel.«

»Richtig, richtig übel.«

»Ich habe gehört, dass Rod etwas über Blanca gesagt hat.«

»Nein, über seine Mutter.«

»Über seine Mutter? Was denn?«

»Wer weiß?«

Dee fing einen verzweifelten Blick von Mimi auf, und so ließ sie Osei stehen, um ihrer Freundin zu helfen, die hysterische Blanca zu beruhigen. Als Casper von Mr Brabant weggeführt wurde, hatte Blanca noch lauter aufgeheult. Man hätte glauben können, Casper hätte *sie* geschlagen und nicht Rod.

Irgendwann verlor Dee die Geduld. »Herrgott nochmal, Blanca, kannst du dich nicht ein bisschen zusammenreißen?!« Kaum hatte sie es ausgesprochen, hörte sie im Geist schon die mahnende Stimme ihrer Mutter, den Namen des Herrn nicht zu missbrauchen.

Blanca schniefte. »Du hast gut reden, Miss Perfect. Über *dich* hat ja auch keiner so scheußliche Dinge gesagt. Und *dein* Freund hat dich nicht verteidigen müssen. Und es ist auch nicht *dein* Freund, der jetzt wahrscheinlich vom Unterricht ausgeschlossen wird!«

Mimi gab Dee mit einer Kopfbewegung ein Zeichen, und sie führten Blanca in ein ruhiges Eckchen, was ihre Schutzbefohlene jetzt, da Casper und Rod fort waren und sich auch ihr Publikum zerstreute, stumm geschehen ließ.

»Was hat Rod genau gesagt?«, fragte Dee.

»Das kann ich nicht wiederholen – das ist zu abscheulich!«

»Blanca, wir können dir nicht helfen, wenn du es uns nicht sagst«, beharrte Dee.

Blanca lehnte sich an die Backsteinwand des Schulgebäudes. »Er hat gesagt … er hat gesagt …« Ihre Lippen begannen zu beben, und sie unterdrückte ein Schluchzen. Mittlerweile machte sie wirklich einen aufgelösten Eindruck.

»Atme tief ein und dann wieder aus«, befahl ihr Mimi. Dee bewunderte ihre Festigkeit angesichts von so viel Gefühl. Und es funktionierte: Blanca holte zitternd Luft, atmete aus und beruhigte sich.

»Wiederhol einfach ganz schnell, was er gesagt hat – in einem Rutsch.«

»Rod hat gesagt, ich wäre ein billiges Mädchen und hätte Casper das volle Programm durchziehen lassen. Aber das stimmt nicht!« Blanca schlug beschämt die Hände vors Gesicht.

Beinahe hätte Dee geschnaubt. Jungen verbreiteten doch andauernd solches Zeug über Mädchen. Was war diesmal so anders, dass Casper ausrasten musste?

Als könnte sie Gedanken lesen, ließ Blanca die Hände sinken und fügte erklärend hinzu: »Er hat es ganz laut gesagt, vor allen Mädchen. Vor den Viertklässlerinnen! Das ist so peinlich! Und jetzt reden erst recht alle darüber. Und denken bestimmt, dass ich wirklich ein billiges Mädchen bin!«

»Du solltest dir lieber um Casper Sorgen machen«, entgegnete Dee. »Immerhin wird *er* jetzt vielleicht vom Unterricht ausgeschlossen.« Sie konnte sich gar nicht vorstellen, wie das war. Ihre eigene Schülerakte war genauso frei von jedem Tadel wie bisher auch die von Casper. Blanca war, daran erinnerte sich Dee, in der fünften Klasse einmal vom Unterricht ausgeschlossen worden, weil sie in Hüftjeans und einem so kurzen Oberteil in die Schule gekommen war, dass von den Hüftknochen bis zum Bauchnabel alles zu sehen war. Ein Schüler wie Rod allerdings war schon häufiger vom Unterricht ausgeschlossen worden, weil er mit Steinen geworfen oder auf dem Schulhof Laub angezündet hatte.

Plötzlich sah Blanca ihre Freundin schief an. »Was ist eigentlich mit deinen Zöpfen passiert?« Ihre Frage deutete darauf hin, dass sie sich wieder gefangen hatte.

»Osei wollte meine Haare mal offen sehen«, antwortete Dee verlegen. Durch das Flechten waren ihre Haare gewellt und aufgeplustert wie eine Hippiefrisur. Ihre Mutter wäre sehr ungehalten gewesen, wenn sie Dee so gesehen hätte. Sie würde die Zöpfe neu flechten müssen, bevor sie nach Hause ging.

»Übrigens, Dee, du hast etwas fallen gelassen, dein …« Mimi verstummte, denn gerade kam Ian dazu.

»Alles in Ordnung, Blanca?«, fragte er.

Blanca wischte sich mit dem Handrücken über die Augen. »Ich bin außer mir«, erwiderte sie in einem so würdevollen, gemessenen Ton, dass Dee ein Lächeln unterdrücken musste, weil es so gar nicht zu ihrem Temperament passte. »Und ich mache mir Sorgen um Casper«, fügte sie hinzu. »Vielleicht wird er jetzt vom Unterricht ausgeschlossen!«

»Rod ist ein Idiot«, sagte Ian. »Was Casper da gemacht hat, ist wirklich schade für ihn. Jetzt wird ihm keiner mehr Vertrauen schenken – nicht mal seine Freunde. Dein Freund Osei zum Beispiel.« Er nickte Dee zu.

»Was willst du damit sagen?«

»Er war richtig schockiert. Casper war ja so nett zu ihm, ich meine … hier *muss* ja keiner nett sein zu einem Schw… zu jemandem, der neu an der Schule ist. Und jetzt, wo er Caspers andere Seite gesehen hat, weiß er nicht mehr, woran er ist.«

»Casper hat keine ›andere Seite‹!«, protestierte Dee.

»Dann sag das mal deinem Freund, der ist nämlich ziemlich irritiert.«

»Das werde ich auch.«

Mimi sah Ian böse an. Dee war überrascht gewesen, als sie erfuhr, dass die beiden miteinander gingen. Sie waren so verschieden: Mimi so sensibel, so besonders, und Ian … nun ja, er war ein brutaler Kerl, wobei er Dee nie behelligt hatte; bis auf das eine Mal in der dritten Klasse, als er ihr Kleister auf den Rock geschmiert und dann auch noch gesagt hatte, dass er ihr bis nach Hause hinterherrennen würde. Dabei hatte es fast so auf Dee gewirkt, als arbeitete er eine Liste ab, um zu jedem Mitschüler mindestens einmal gemein gewesen zu sein.

Jetzt aber schien Ian Insiderinformationen über Osei zu haben, und das beunruhigte Dee. So gut sie es fand, dass Osei sich mit Casper angefreundet hatte – wenn sie ihn mit Ian reden sah, bekam sie ein mulmiges Gefühl. Dee hatte keine richtige Abneigung gegen Ian, doch sie traute ihm nicht über den Weg.

Dies bestärkte sie in ihrem Entschluss, mit Osei über Casper zu sprechen. Es war sehr viel besser für ihn, Zeit mit Casper zu verbringen als mit Ian. Sie würde ihn beruhigen, dass der Angriff auf Rod völlig untypisch für Casper war und dass er es nur getan hatte, um Blanca zu verteidigen. Das würde Osei sicher verstehen. So viel Ehrgefühl besaß auch er.

Sie verließ Mimi, Blanca und Ian, um sich aufzustellen. Einige Schüler standen schon hinter Osei, doch sie traten wortlos zur Seite, um Dee vorbeizulassen. Sie lächelte Osei an und erschrak, als er ihr Lächeln nicht erwiderte; seine Miene war streng. Wahrscheinlich machte er sich Gedanken über Casper. Aber das würde sie klären.

»Mach dir keine Sorgen«, fing sie gleich an. »Casper wird bestimmt nicht vom Unterricht ausgeschlossen. Spätestens, wenn herauskommt, was Rod über Blanca gesagt hat …« Sie verstummte, bestürzt über den Anflug von Boshaftigkeit in seinem Gesicht.

»Warum sollte ich mir wegen Casper Sorgen machen?«

»Na, weil er ein Freund ist.«

»Von dir vielleicht. Von mir nicht.«

»Natürlich ist er auch dein Freund!«

Osei verzog das Gesicht. »Hör zu, Dee, ich bin erst seit

einem Vormittag hier. Ich bin mit *niemandem* befreundet.« Als er ihre Enttäuschung sah, lenkte er ein. »Außer mit dir natürlich. Aber die anderen kenne ich noch nicht gut genug, um mit ihnen befreundet zu sein. Ich bin hier der Neue – der *schwarze* Neue. Ich kann froh sein, wenn ich den Tag überstehe, ohne zusammengeschlagen zu werden.«

»Du übertreibst. Das würden die Lehrer niemals zulassen.«

Osei seufzte. »Dee, ich erzähle dir mal etwas zum Thema Lehrer. In meiner Schule in New York hat mir einmal eine Lehrerin ein Referat aufgegeben, das ich vor der Klasse halten sollte. Nicht so ein kurzes wie heute Morgen, sondern länger. Ich sollte ausführlich über die Geschichte des Landes berichten, seine Kultur, was dort angebaut und exportiert wird und so weiter. Alle Fakten, verstehst du? Also habe ich Informationen gesammelt. Einiges wusste ich schon, und ich bin auch in die Bücherei gegangen, um mehr darüber zu lesen, und habe meine Eltern gefragt. Und dann habe ich das Referat gehalten. Und weißt du, was mir die Lehrerin für die ganze Mühe, die ich mir gemacht habe, als Note gegeben hat? Ausreichend! Und ich glaube, sie hätte mir am liebsten eine Sechs gegeben, aber eine Sechs bekommt man nur, wenn man gar nichts gemacht hat, und ich hatte das Referat ja eindeutig vorbereitet.«

»Warum hat sie dir eine Vier gegeben?«

»Sie war der Meinung, ich hätte mir einiges davon einfach ausgedacht.«

»Ausgedacht? Was denn?«

»Ich habe mir gar nichts ausgedacht! Ein Teil meines Referats handelte von der Sklaverei. Weißt du, viele Ghanaer wurden von Sklavenhändlern gefangen und nach Amerika und auf die Karibischen Inseln gebracht.«

»Ich ... ja«, antwortete Dee, weil es einfacher war. Sie hatte nicht gewusst, dass Sklaven aus Ghana gekommen waren, obwohl sie es wahrscheinlich einmal gelernt, aber wieder vergessen hatte. »Das heißt ... was du gesagt hast, war nicht erfunden.«

»Nein. Aber ich habe auch erklärt, dass es Stammeshäuptlinge gab, die mit den weißen Sklavenhändlern Geschäfte machten und ihnen Leute aus ihrem eigenen Volk übergaben, damit sie die anderen in Ruhe ließen. Das hielt die Lehrerin für eine Lüge, und deshalb hat sie mir eine Vier gegeben. Sie hat mich sogar als Rassisten gegenüber meinem eigenen Volk bezeichnet.«

»Und das stimmt? Ich meine, das haben die Häuptlinge wirklich getan?« Dee versuchte, ihre Überraschung zu verbergen.

»Jaja, aber das ist ja nicht der Punkt.«

»Was hast du gemacht? Hast du deinen Eltern gesagt, dass sie mit der Lehrerin reden sollen?«

Osei antwortete nicht sofort, ein bitteres Lächeln huschte über sein Gesicht. »Mein *Vater* hatte mir vorgeschlagen, der Klasse auch von den Stammeshäuptlingen zu berichten, damit es sich ausgewogener anhört – um meinen Mitschülern kein schlechtes Gewissen zu machen. Um *diplomatisch* zu sein. Ich habe es meinen Eltern nicht erzählt. Ich wollte meinem Vater nicht sagen, was seine Diplomatie angerichtet hatte. Du siehst also, dass nicht einmal die Lehrer auf meiner Seite sind, sondern bei jeder Gelegenheit versuchen, mir das Leben schwer zu machen. Ich kann weder den Lehrern noch den Schülern vertrauen.«

»Das stimmt nicht! Mir kannst du vertrauen. Und du kannst Mimi vertrauen – sie ist meine beste Freundin.« Dass Mimi sie davor gewarnt hatte, mit Osei zu gehen, blendete sie aus. »Und Casper kannst du auch vertrauen«, fügte sie hinzu.

»Warum? Er hat gerade ohne Grund jemandem ein blaues Auge verpasst.«

»Er hatte sehr wohl einen Grund – er wollte Blanca verteidigen. Bestimmt würdest du das auch tun, wenn jemand über mich sagen würde, was Rod über Blanca gesagt hat.«

Endlich etwas, das Wirkung zeigte. Osei schien sich ein bisschen größer zu machen, um die Rolle des selbstlosen

Beschützers besser auszufüllen. »Ich würde ihm *zwei* blaue Augen verpassen.«

Dee schob ihre Hand in seine und schlang ihre und seine Finger ineinander, während sich die Klasse in Bewegung setzte. »Dann verstehst du doch auch, warum wir Casper unterstützen müssen. Er hat nichts Böses getan.«

Osei zuckte unmerklich zusammen und schien seine Hand zurückziehen zu wollen, doch Dee hielt sie fest – bis Mr Brabants finsterer, kopfschüttelnder Blick sie traf. Dee musste aufpassen, sonst würde man sie auch noch bestrafen. Sie ließ Oseis Hand los.

Als sie hinter ihm die Treppe zum Klassenzimmer hochging, wurde sie von Mr Brabant zurückgehalten. Eigentlich wollte sie Osei noch hinterherrufen, aber dann hätte Mr Brabant sie wahrscheinlich beide fürs Händchenhalten ausgeschimpft. Sie wusste, dass er den neuen Schüler nicht mochte und jede Gelegenheit nutzen würde, ihm das auch klarzumachen.

Doch dann überraschte er sie: »Was ist mit deinen Haaren passiert«, fragte er.

»Oh! Ich … Ich habe meine Zöpfe aufgemacht.« Dee errötete. Mr Brabant hatte noch nie etwas über ihre Haare gesagt; wobei dazu auch nie Anlass bestanden hatte. Bis jetzt hatte sie immer ordentlich geflochtene Zöpfe getragen.

»Es sieht unordentlich aus.«

Dee wollte sich schon entschuldigen, da fiel ihr der Trotz wieder ein, mit dem sie ihrem Lehrer am Morgen begegnet war.

»Es verstößt nicht gegen die Kleiderordnung, meine Haare offen zu tragen.«

Mr Brabant runzelte die Stirn. »Nein, aber es ist nicht deine Art.«

Dee zuckte mit den Schultern. »Mir gefällt es so.«

»Ach ja?«

»Ja.« Genau genommen kitzelten die Haare im Nacken und

gerieten ihr ständig in den Mund, aber das musste ihr Lehrer ja nicht wissen.

»Das ist schade, denn es passt nicht zu dir. Und das kannst du mir glauben.«

Dee ließ den Kopf hängen, um Mr Brabant nicht in die Augen sehen zu müssen. Es fühlte sich an wie eine Schelte ihres Vaters.

»Gut. Dann geh jetzt hoch ins Klassenzimmer.«

Dee rannte los und versuchte, ihr mulmiges Gefühl zu unterdrücken.

Von ihrem Tisch aus schaute sie unwillkürlich immer wieder zu Caspers leerem Pult in der benachbarten Tischgruppe; sie hoffte, dass er wie durch ein Wunder doch noch auftauchen würde. Das Schniefen, mit dem Blanca ihre Tränen unterdrückte, war im ganzen Raum zu hören; sie nutzte die veränderte Kulisse für eine Neuinszenierung ihres Dramas.

»Das reicht jetzt, Blanca«, ermahnte sie Mr Brabant. »Beruhige dich. Halten wir die Ereignisse des Schulhofs bitte aus dem Unterricht heraus. Nehmt eure Stifte, es gibt einen kleinen, unangekündigten Test über die amerikanischen Präsidenten. Osei, du kannst mitmachen, aber ich trage deine Note nicht ein. Der Test wird dir zeigen, wo du Wissenslücken hast, dann kannst du gleich anfangen, sie zu füllen. Du bist zwar nur für einen Monat in meiner Klasse, aber es soll ja keine Zeitverschwendung sein.«

Dee machte ein finsteres Gesicht. Sie hätte gern Krach mit Mr Brabant angefangen, weil er Osei, nur weil er Afrikaner war, unterstellte, dass er über amerikanische Präsidenten nicht Bescheid wusste. Gern wäre sie genauso für ihren Freund eingetreten wie Casper für Blanca. Doch das konnte sie nicht, so, wie Mr Brabant eben mit ihr geredet hatte. Im Übrigen schien Osei die Unterstellung seines Lehrers nicht weiter zu stören: Er nickte nur und nahm Dees Snoopy-Mäppchen aus seinem Pult, worüber sie im ersten Moment erstaunt war, bis ihr der Tausch wieder einfiel.

Sie griff in ihre Schultasche und fand – nichts. Sie begann zu wühlen, zwischen Büchern, Heften, ihrer Strickjacke und einer Packung Tempotücher. Vom Erdbeermäppchen keine Spur. Sie hob ihren Pultdeckel, obwohl sie wusste, dass es dort nicht war, und schaute trotzdem hinein. Sie spürte Oseis Blick.

»Kannst du mir einen Stift leihen?«, flüsterte sie.

»Hast du das Erdbeermäppchen denn nicht?«

»Doch«, antwortete Dee etwas zu schnell, was sie merkte und sich sofort bemühte, langsamer zu sprechen. »Ich habe es heute Mittag mit nach Hause genommen und muss es dort liegen gelassen haben. Ach ja, jetzt weiß ich wieder – ich habe es meiner Mutter gezeigt. Wahrscheinlich liegt es noch auf dem Küchentisch.«

Niemals hätte sie das Mäppchen ihrer Mutter gezeigt, denn die hätte es ordinär gefunden und ihr sofort abgenommen. Aus dem gleichen Grund hatte Dee bereits das Snoopy-Mäppchen vor ihr versteckt.

Als sie den Stift nahm, den Osei ihr hinhielt, konnte sie ihm nicht in die Augen schauen. Nun hatte sie ihm ihre erste Lüge aufgetischt.

VIER

Nachmittagspause

Teddybär, Teddybär,
dreh dich um,
Teddybär, Teddybär,
mach dich krumm,
Teddybär, Teddybär,
heb ein Bein,
Teddybär, Teddybär,
das war fein!

Teddybär, Teddybär,
zeig mir einen Fuß,
Teddybär, Teddybär,
bestell einen Gruß.
Teddybär, Teddybär,
zeig mir deine Schuh,
Teddybär, Teddybär,
wie alt bist du?

Am Nachmittag nahm Mimi Ian auf dem Weg in die Pause zur Seite. Das überraschte ihn. Es passte nicht zu ihr, die Initiative zu ergreifen, und dann auch noch vor allen Mitschülern. Er selbst fand es blamabel, sich vor aller Augen so wegziehen zu lassen, als hätte er nicht die Zügel in der Hand. Dasselbe hätte eigentlich er mit ihr machen müssen, damit klar war, wer hier das Sagen hatte. Gereizt stand er im Flur neben ihr und hielt demonstrativ Abstand. »Was ist?« Wenn er nicht sofort auf dem Schulhof erschien, würden sich die Kickball-Teams einen anderen Kapitän suchen.

»Ich wollte dir etwas sagen.« Mimi hatte den sanften Blick, den Mädchen bekamen, wenn sie über ihre Gefühle reden wollten. Ian erschauderte. Das war das Letzte, was er jetzt gebrauchen konnte.

»Hast du irgendwas von Dee aufgetrieben?«, schnitt er ihr das Wort ab.

Mimi schwieg und fuhr sichtlich aus dem Konzept gebracht mit der Zunge über ihre Zahnspange. Sie sah unglücklich und verkrampft aus und hatte rote Flecken im Gesicht. »Ja.« Sie zögerte noch.

»Und? Was ist es?«

Mimi zog ein rechteckiges, rosafarbenes Plastikding aus ihrer Tasche, das mit Erdbeeren übersät war.

»Was zum Teufel ist denn das?«, fragte Ian. »Ist jedenfalls total hässlich.« Wie beabsichtigt war Mimi zusammengezuckt – jetzt saß er wieder am Steuer.

»Das ist von Osei, dem Neuen. Sein Federmäppchen. Er hat es Dee geschenkt. Und ihr ist es aus der Tasche gefallen. Ich habe es aufgehoben. Ich weiß, dass du eigentlich etwas haben wolltest, dass Dee von Casper bekommen hat, aber vielleicht geht das ja auch?«

Wie ein Scheinwerfer richtete sich Ians Aufmerksamkeit auf das Mäppchen. Mimi trat unbehaglich von einem Bein aufs andere. Er lächelte leise. Es war genau das Richtige, und sie hatte keine Ahnung. Mimi dachte nicht strategisch – so wie er. Sie begriff nicht, wie der Schulhof funktionierte und dass ein neu dazugekommener Junge wie Osei die natürliche Ordnung durcheinanderbringen konnte. Es wäre ihr nicht ansatzweise in den Sinn gekommen, das zu tun, was Ian vorhatte: aufräumen. Sie sollte ihm dankbar sein.

»Weiß jemand, dass du es hast?«

»Nein, niemand.«

»Gut.« Ian streckte die Hand aus. »Gib's mir.«

Lange geschah nichts, während Mimi mit dem Mäppchen in der Hand vor ihm stand und aussah wie ein Tier in der Falle – einer Falle, in die sie aus freien Stücken getappt war und es nun bereute. Ian wartete geduldig; sie würde es ihm geben.

Doch erst kam das Feilschen, mit dem er nicht gerechnet hatte und schon gar nicht mit dem, was Mimi verlangte. »Ich will nicht mehr mit dir gehen«, sagte sie. »Ich gebe es dir nur, wenn du einverstanden bist, mit mir Schluss zu machen und mich in Ruhe zu lassen.« Ihr Gesicht war ein Bild des Jammers, nicht zu vergleichen mit den geröteten Wangen und dem aufgeregten Interesse vor ein paar Tagen am Fahnenmast.

Ian ließ sich nichts anmerken. Er wollte Mimi auf keinen Fall auf die Idee bringen, dass ihre Zurückweisung ihn möglicherweise verletzte und er gern gewusst hätte, was sie an ihm störte. Er wusste ohnehin schon, was es war: Sie waren total unterschiedlich. Er war ein harter Brocken und sie seltsam.

Nicht, dass er Mimi besonders gemocht hätte; die anderen sollten bloß nicht erfahren, dass sie mit ihm Schluss gemacht hatte. Später würde er unter den Jungen verbreiten, dass sie sich geweigert habe, das volle Programm mit ihm durchzuziehen. Oder vielleicht lieber das Gegenteil, dass sie mitgemacht habe, und dann habe er mit ihr Schluss gemacht. Er würde sich gut überlegen müssen, wie er die Situation am besten für sich nutzen konnte. Aber das Federmäppchen wollte er haben. »Okay«, sagte er.

Mimi rührte sich nicht. »Du ziehst nicht über mich her und verbreitest keine Sachen über mich wie das, was Rod über Blanca gesagt hat.« Als hätte sie seine Gedanken gelesen.

»Ich sage nichts. Aber du auch nicht«, fügte er mit einer ungeduldigen Geste hinzu. »Gibst du es mir jetzt oder nicht?«

Mimi biss sich auf die Lippen. Als sie ihm das Federmäppchen hinhielt, sah er, dass ihre Hand zitterte. Sie war nicht gut im Verhandeln und würde keinerlei Druckmittel haben, um ihn bei der Stange zu halten. Nichts würde ihn daran hindern, diese Trennung für sich auszuschlachten.

»Geh jetzt raus«, sagte er, als er hatte, was er wollte. »Ich komme gleich.«

Mimi starrte auf das Federmäppchen, plötzlich außer Reichweite in Ians Hand. Sie sah ängstlich aus, ihre seltsam gefleckten Augen flackerten. »Was hast du damit vor?«

Aber Ian war schon in den kleinen Garderobenraum neben der Klasse gegangen. »Lass das meine Sorge sein«, sagte er über die Schulter hinweg. Während er an den Haken nach seiner Jacke suchte, spürte er, dass sie weiter im Flur stand, und biss die Zähne zusammen. »Idiotin«, murmelte er. Von dem Verlangen, das ihn am Fahnenmast überkommen hatte, war er nun meilenweit entfernt. Er fand seine Jacke, ein dunkelblaues Ding und seit Wochen ungenutzt, denn es war wärmer geworden. Bevor er seine Beute in die Jackentasche steckte, zog er den Reißverschluss auf, um einen Blick hineinzuwerfen. Viel Interessantes war nicht darin: Buntstifte unterschiedlicher Farben und Längen, ein paar Radiergummis, ein Anspitzer aus Plastik, ein kurzes Lineal, ein Zehncentstück, ein Kaugummi, ein Zettel, ein mit Hüpfknete gefülltes Plastikei. Er nahm das Zehncentstück, packte den Kaugummi aus – das eingelegte Papierchen mit dem Comicstrip ließ er achtlos auf den Boden fallen – und stopfte ihn sich in den Mund. Den Zettel sah er sich allerdings näher an: In einer seltsam bauchigen Handschrift standen dort Oseis Name, seine Adresse und seine Telefonnummer. Er stellte sich die bizarren Anrufe vor, die er nun machen könnte, und musste grinsen; so viele Möglichkeiten, auf einem Silbertablett serviert.

Bis auf den Zettel kippte er den ganzen Inhalt des Mäppchens in den Krimskrams-Karton, in dem alle möglichen Überreste aus dem Unterricht landeten: zerbrochene Kreide, alte Tafelschwämme, Buchstützen aus grauem Metall, Reste von Bastelpapier. Den Stapel übrig gebliebener Matrizen eines Arbeitsblattes (wichtigste Agrarprodukte der Vereinigten Staaten: Mais, Weizen, Baumwolle, Rindfleisch) schob er über die Sachen. Niemand würde sie finden, bis Miss Lode in ein paar Wochen zu Beginn der Sommerferien hier aufräumen würde. Dann wäre er nicht mehr da, sondern schon auf dem Sprung zu einer neuen Schule mit neuen Opfern.

Erst jetzt, da das Mäppchen leer war, sah Ian es sich genauer an. Gott, wie hässlich! Etwas so Scheußliches konnte auch nur ein Mädchen benutzen. Das einzig Interessante daran waren die dicken Erdbeeren, deren knubbelige Spitzen ihn an Nippel erinnerten. Solche Nippel hatte er in den Exemplaren des *Playboys* gesehen, die er sich im Laufe der Jahre zusammengeklaut hatte. Die Mädchennippel, auf die er das eine oder andere Mal einen flüchtigen Blick hatte werfen können – wenn er die Mitschülerinnen vor dem Sport heimlich beim Umziehen beobachtete oder einmal bei der Fünftklässlerin, die er bedrängt hatte, ihr Oberteil für ihn hochzuziehen –, waren zart und glatt wie Vogelschnäbel. Ian berührte eine der knubbeligen Erdbeeren und lächelte, als das Gefühl seine Leistengegend erreichte. Wenn dieses Mäppchen auf den schwarzen Jungen die gleiche Wirkung hatte, war das vielleicht der Grund, warum er es benutzt hatte.

Trotzdem würde Ian es nicht behalten. Anstatt ihn hier in der Garderobe scharfzumachen, würde es ihm helfen, den Schulhof ordentlich aufzumischen, und ihm damit sehr viel nützlicher sein. Das Gefühl der Erregung konnte er auch anders bekommen. Die Frage war nur, was er mit dem Mäppchen konkret anstellen würde. Es musste irgendwie in Caspers Besitz gelangen und so den von ihm gestreuten Verdacht erhärten; das würde bei Osei bestimmt Wirkung zeigen. Aber Casper würde natürlich nicht mit so einem Ding herumlaufen. Kein Junge, der etwas auf sich hielt, würde ein mit Plastikerdbeeren beklebtes, rosa Mäppchen sein eigen nennen.

Also gut, wenn nicht Casper, dann eben jemand aus seinem nahen Umfeld. Ja, genau. Grinsend nickte Ian vor sich hin. Jetzt wusste er, was er tun würde. Rasch zog er seine Jacke an – er würde schwitzen, doch es ging nicht anders –, schob das Mäppchen in die Innentasche und verließ das Schulgebäude.

Die Sechstklässler hatten sich zu ihrem nachmittäglichen Kickball-Match zusammengefunden, bei dem auch die Mädchen mitspielten. In Abwesenheit der gewohnten Kapitäne Casper und Ian hatten zwei andere diese Rolle übernommen: Rod und – zu Ians Überraschung – Osei. Wie konnte es sein, dass sich ein Neuer, der auch noch schwarz war, so schnell in der Pausenhierarchie hochgearbeitet hatte? Ian hätte mehr von seinen Mitschülern erwartet, aber sie schienen Weicheier zu sein, die sich einfach überrollen und den Neuen bestimmen ließen. Ian musste schnell handeln, sonst würde Osei komplett die Führung übernehmen.

Kaum hatte Rod Ian erblickt, kam er angelaufen. »Ian!«, schrie er. »Ian ist in meiner Mannschaft!« Um sein rechtes Auge herum, wo Caspers Schlag ihn getroffen hatte, war die Haut tintenblau, doch ansonsten war er unversehrt. Für einen kurzen Moment empfand Ian Abscheu.

»Ich muss nachsitzen«, flüsterte Rod ihm zu. »Mrs Duke hat gesagt, normalerweise würde sie mich vom Unterricht ausschließen, aber das blaue Auge wäre Strafe genug. Das tut vielleicht weh!«

»Hast du mich irgendwie erwähnt?«

»Nein, versprochen ist versprochen.«

»Gut.«

»Hey Rod! Du bist doch überhaupt nicht dran!«, protestierten die anderen. »O ist dran.«

Ian wartete und sah zu, wie Osei überlegte. Unter den Schülern, die er schon ausgewählt hatte, befanden sich Mimi und Dee. Bei aller Abneigung, die Ian gegen diesen Schwarzen hatte – als sich Oseis Blick schließlich auf ihn richtete, war er seltsam berührt, denn das Interesse in diesem Blick hatte nichts mit dem unterwürfigen Unbehagen zu tun, das er von den anderen gewohnt war.

Osei nickte ihm zu. »Ian.«

Ian nickte zurück und ging zu seiner Mannschaft. »Verdammt!«, hörte er Rod hinter sich murmeln.

Während Osei und Rod weiter Spieler auswählten, entdeckte Ian, wonach er Ausschau gehalten hatte: Auf dem Piratenschiff saß Blanca und schmollte allein vor sich hin. Anstatt mitzuspielen, zog sie es vor, öffentlich ihre Wunden zu lecken. Perfekt.

Beim Münzwurf verlor Oseis Mannschaft, und seine Spieler verteilten sich auf dem Feld. Ian wartete nicht darauf, eine Position zugewiesen zu bekommen, sondern suchte sich einen Platz im Außenfeld in der Nähe der dritten Base, wo er dem Piratenschiff möglichst nah war. Glücklicherweise stand Dee auf der anderen Seite des Außenfelds, und Osei wandte ihm als Pitcher ohnehin den Rücken zu. Unwahrscheinlich, dass einer der beiden das Erdbeermäppchen sehen würde. Und von hier aus konnte er sich Blanca unauffällig nähern. Sie saß mit angezogenen Beinen auf dem Schiffsdeck, die Arme auf die Knie gelegt, das Kinn auf die Arme gestützt. Die Füße mit den Plateausandalen hatte sie auf die unterste Stange der Reling gestellt – Ian hätte ihr fast unter den Rock schauen können. Aber er musste sich konzentrieren. »Blanca«, flüsterte er.

Als sie keine Antwort gab, wiederholte er ihren Namen, nun etwas lauter. Unbeteiligt schaute sie zu ihm herüber. In den vielen gemeinsamen Jahren an dieser Schule war es Ian nicht gelungen, Blanca Angst einzujagen oder in irgendeiner Weise Macht über sie zu gewinnen. Blanca war zu sehr mit sich selbst beschäftigt, um sich vor ihm zu fürchten; die Katastrophen, die sie aus eigener Kraft erzeugen konnte, reichten ihr. Ian hatte keinerlei Bedeutung für sie – zumindest bis jetzt. Doch das würde sich ändern.

»Ich habe etwas für dich«, flüsterte er und ließ es zunächst dabei bewenden. Ein Mädchen hatte dem Feldspieler neben Ian den Ball direkt in die Arme geschossen, und Ian beklatschte mit den anderen das erste Out. »Von Casper«, fügte er dann hinzu.

Blancas Kopf schnellte hoch, und ihre Füße rutschten von der Stange aufs Deck. »Was?«, rief sie.

»Psst. Es ist ein Geheimnis, nur für dich.« Er wollte nicht, dass Blanca jetzt schon auf sich aufmerksam machte – erst musste er dafür sorgen, dass er aus dem Geschehen raus war. Unauffällig ging er noch etwas näher zu ihr hin. »Als er im Büro der Schulleiterin war, ist er aufs Klo gegangen, und da habe ich ihn zufällig getroffen. Er hat mich gebeten, dir das hier zu geben.« Rasch zog Ian das Federmäppchen aus seiner Jackentasche und gab es ihr.

Blanca atmete laut aus. »Ooh, das ist aber süß!« Genauso wie er selbst vorhin, streichelte nun Blanca über die Erdbeeren. »Wenn ich das den anderen Mädchen zeige!«

»Nein, mach das nicht! Noch nicht.«

»Warum denn nicht?«

Ein Junge hatte den Ball auf die andere Seite des Außenfelds gekickt und rannte zur ersten Base.

»Casper will nicht, dass jemand davon erfährt. Es soll ein Geheimnis zwischen dir und ihm sein. Jedenfalls erst mal.

Außerdem solltest du dich bei ihm bedanken, bevor du es den anderen zeigst.« Casper würde hoffentlich erst in ein paar Tagen zurückkommen; wenn es Ian bis dahin gelang, dem Schwarzen zu zeigen, bei wem sein Mäppchen gelandet war, wäre der Schaden zwischen ihm und Dee längst angerichtet. Es war ein riskantes Spiel, genauso riskant, wie ohne Bremse mit dem Fahrrad einen Hügel hinunterzubrettern. Doch die Gefahr machte nun einmal den besonderen Kitzel aus.

»Okay ...« Blanca wirkte irritiert. »Geht es Casper gut? Wird er wirklich vom Unterricht ausgeschlossen?«

»Ich weiß nicht.« Hier konnte Ian eine ehrliche Antwort geben.

»Macht er sich Sorgen um mich? Das sollte er. Alle haben mitgekriegt, was Rod gesagt hat, und jetzt sitze ich hier und muss das ertragen.« Als Ian das mitfühlende Gesicht aufsetzte, das von ihm erwartet wurde, fügte sie hinzu: »Es ist schrecklich! Mädchen sein ist so schwer. Du hast ja keine Ahnung.« Zur Bekräftigung warf sie ihre dunklen Locken zurück.

»Bestimmt«, sagte Ian, weil es das Einfachste war.

Inzwischen stand Rod zum Kicken bereit. »Sieh zu, dass dieser Idiot rausfliegt«, zischte Blanca. »Ich könnte ihn umbringen!«

Blancas Worte schienen Rods Ball magnetisch anzuziehen: In hohem Bogen flog er direkt auf Ian zu. Bei anderer Gelegenheit hätte Ian diesen Ball vielleicht absichtlich verfehlt, doch jetzt ging er einen Schritt auf ihn zu und ließ ihn mit einem befriedigenden Plopp und sicherem Griff gegen seine Brust prallen. Blanca jubelte so laut, als wäre sie in Ians Mannschaft, was ihn mit unerwartetem Stolz erfüllte.

Auch das dritte Out war kein Problem, und es kam zum Seitenwechsel. Als sich Oseis Team um den Kapitän versammelte, um zu hören, in welcher Reihenfolge sie schießen sollten, flüsterte Ian ihm zu: »Normalerweise lassen wir ein Mädchen als Erste schießen. Du kannst Dee nehmen, damit rechnen eh alle.«

Osei nickte. »Dee, dann Duncan, dann Ian, ich und dann …« Er deutete nacheinander auf die restlichen Mitspieler.

Dee kickte den Ball wie gewohnt kurz und sprintete zur ersten Base, wo Rod als Baseman stand. Um ihrer Missbilligung Ausdruck zu verleihen, dass er Blanca beleidigt und Casper provoziert hatte, hielt sie größtmöglichen Abstand zu ihm. Tatsächlich wurde Rod von allen Mädchen geächtet, sogar von denen, die er in sein Team geholt hatte. Sichtlich verzweifelt über seine neue Außenseiterrolle ließ er den Kopf hängen, worüber Ian grinste, als er sich neben Osei stellte.

Es wurde langsam Zeit, aktiv zu werden. »Du hast eine gute Mannschaft zusammengestellt.«

»Danke.« Osei hielt Duncan im Auge, der als Nächster mit Kicken an der Reihe war.

»Ich habe gesehen, dass Blanca irgendwas von Casper gekriegt hat«, bemerkte Ian beiläufig. »Der muss ganz schön verrückt nach ihr sein, dass er ihr was schenkt.«

»Mhm.« Osei hörte nicht zu. Ian musste deutlicher werden.

»Wobei ich nie gedacht hätte, dass sie auf *Erdbeeren* steht«, sagte er. »Bei Kaubonbons mag sie Kirsche am liebsten, jedenfalls sehen die Lippen bei ihr immer so aus.«

Osei wandte sich ihm zu. »Wie? Was ist mit Erdbeeren?« Beinahe hätte der scharfe Ton Ian wieder zum Grinsen gebracht. Dass sein Opfer so schnell angebissen hatte! Doch er gab sich Mühe, unbeteiligt zu wirken.

»Blanca hat ein neues Federmäppchen mit Erdbeeren drauf. Das hat Casper ihr geschenkt, sagt sie. Und jetzt spielt sie lieber damit, als beim Kickball mitzumachen.« Er hob die Schultern. »Mädchen.«

»Wo?«

Ian zeigte es ihm. Blanca saß immer noch auf dem Deck des Piratenschiffs, in ihrem Schoß das Mäppchen, dessen Reißverschluss sie ständig auf- und zumachte. Man musste schon sehr genau hinschauen, um es zu sehen, was Dee an der ersten Base, auf der anderen Seite des Spielfelds, natürlich nicht tat. Auch

Mimi nicht, die mit den anderen aus Rods Mannschaft auf der Bank saß und darauf wartete, dass sie mit dem Schießen an die Reihe kam. Osei hingegen wusste genau, wonach er Ausschau hielt. Als er den rosa Farbfleck in Blancas Schoß entdeckte, erstarrte er. Er sah nicht, wie Duncan den Ball bis hinter die zweite Base schoss, und auch nicht, wie er losrannte und die erste erreichte, während Dee es zur zweiten schaffte.

Anscheinend beginnt das Gift schon zu wirken, dachte Ian. Jetzt musste er eigentlich nur noch zuschauen, wie es seine Wirkung entfaltete. Allerdings musste er weiter darauf achten, unbeteiligt zu wirken, und später natürlich jegliche Einmischung abstreiten.

Als er nun selbst mit dem Kicken dran war, empfand er mit einem Mal ein Gefühl von Leichtigkeit, das ihm den ganzen Tag gefehlt hatte – eigentlich die ganzen letzten Wochen, wenn nicht das ganze vergangene Jahr. Er betrachtete die auf dem Feld verteilten Spieler von Rods Mannschaft, die eigentlich *seine* Mannschaft hätte sein müssen, und dachte: Dieser Schuss wird ein Homerun, mit dem ich allen zeigen werde, wer hier der Chef ist. Er visierte die entfernteste Ecke des Schulhofs an, rannte auf den ihm entgegenrollenden Ball zu und schoss.

*

Wenn jemand einen Homerun geschossen hatte, war es Usus, dass die Läufer nicht von Base zu Base rannten, sondern ihren glorreichen Weg zum Homeplate tänzelnd oder schlendernd zurücklegten und dabei lachten und johlten, um ihren Gegnern die Niederlage kräftig unter die Nase zu reiben. Auch Dee hüpfte vor Freude, dass Oseis Team schon drei Punkte gemacht hatte und nun wahrscheinlich gewinnen würde. Sein erstes Spiel als Kapitän, und dann gleich so ein Ergebnis! Ein großartiger Start. Es wird ihm gut gehen an dieser Schule, dachte sie. Und ich bin mit ihm zusammen.

Am Homeplate angelangt, sprang sie mit beiden Füßen darauf und fing an, Mitspieler abzuklatschen. Hinter ihr kam Duncan angelaufen und riss eine Hand hoch. »Schlag ein!«, sagte er.

Und Dee schlug so begeistert ein, dass ihre und Duncans Handflächen laut gegeneinander klatschten. »Jetzt die Handrücken.« Laut schlugen auch ihre Handrücken aneinander. »Die Fäuste.« Beide machten Fäuste und ließen sie erst mit der Ober- und dann mit der Unterseite zusammenprallen. Zu guter Letzt schüttelten sich Duncan und Dee auch noch die Hände, alles genau so, wie sie es im Fernsehen bei den schwarzen Amerikanern gesehen hatten.

Dee strahlte übers ganze Gesicht, doch dann erblickte sie Osei, der das Ritual mit ausdrucksloser Miene verfolgt hatte. Dees Lächeln erstarb, und sie wurde rot. »Oh, Osei … ich …« Sie hielt inne, nicht nur aus Verlegenheit, weil sie sich plötzlich wie ein albernes weißes Kind vorkam, das cool sein wollte, sondern auch, weil sich Osei wortlos von ihr abgewandt und sich zum Kicken in Position gebracht hatte. Steif wartete er darauf, dass der Pitcher den Ball zurückbekam und das Spiel weiterging.

Dee starrte ihn an; die ganze Freude über den Homerun war verpufft. Er konnte ihr doch wegen dieser dummen Abklatscherei nicht böse sein, oder etwa doch? War es beleidigend, als Weiße so etwas zu tun? Sein abweisender Rücken war so verwirrend, dass sie beinahe in Tränen ausgebrochen wäre.

»Er ist sauer wegen Casper, das ist alles«, hörte sie eine Stimme hinter sich. Ian hatte alle vier Bases abgelaufen; seine sonst so trüben grauen Augen leuchteten, und seine Wangen waren rot. Er hob die Hand zum Abklatschen.

Sie tat es, um höflich zu sein. Als sie die Hände voneinander lösten, krümmte Ian seine Finger und kratzte damit über Dees Handfläche. Es fühlte sich so gruselig an, dass Dee unwillkürlich ihre Hand zurückzog und im selben Moment fürchtete, ihn damit vielleicht beleidigt zu haben. »Das war ein toller Schuss«, sagte sie schnell und fragte sich, warum sie eigentlich das Bedürfnis hatte, ihn zu beschwichtigen.

»Danke. Ich bin mir sicher, dass du ihn beruhigen kannst, ich meine, wegen Casper.«

»Ich …« War das jetzt wirklich das Problem? Dee sprach den Gedanken nicht aus, denn sie wollte mit Ian nicht über Osei reden.

»Es ist nicht leicht, einen schwarzen Freund zu haben«, fuhr Ian unbekümmert fort. »Die meisten Mädchen würden es einfach sein lassen. Du brauchst jede Hilfe, egal, wo du sie kriegen kannst. Wenn Casper und Osei sich anfreunden würden, wäre es einfach für dich. Mit jemandem wie Casper auf deiner Seite könntest du alles machen – sogar mit einem Schimpansen gehen.«

Dee hatte schon die Lippen geöffnet, um etwas zu entgegnen, doch dann hielt sie inne. Ian sah sie an. »Ich mag deine Haare, so offen«, sagte er mit einem schmalen Lächeln.

Verwirrt wandte sich Dee von ihm ab. Hatte er jetzt gesagt, dass Osei ein Schimpanse war, oder nicht? Nein, hatte er nicht, entschied sie und ging zur Mannschaftsbank, aber seine Bemerkung hatte dennoch einen schalen Beigeschmack; wie Milch, die schon zu kippen beginnt, aber noch nicht riecht. Sie wusste nicht, wie sie reagieren sollte, denn Ian schien wirklich helfen zu wollen.

Nach diesem Homerun legte Osei einen halbherzigen Schuss hin. Er schaffte es dennoch bis zur ersten Base, wo er nicht in Dees Richtung, sondern quer übers Feld zum Piratenschiff schaute, wo Blanca saß. Dee runzelte die Stirn. Irgendetwas war plötzlich völlig verkehrt, doch sie wusste nicht was. Wenn wenigstens Ian aufgehört hätte, sie zu fixieren.

»Casper!« Mit einem Satz war Blanca vom Schiff gesprungen und stürmte auf der Höhe von Caspers Haus zum Maschendrahtzaun. Casper war auf die Veranda getreten. Ein Raunen ging über das Feld.

»So schnell habe ich Blanca noch nie rennen sehen. Ich weiß gar nicht, ob ich sie überhaupt schon mal hab rennen sehen.«

»Dann haben die ihn also wirklich vom Unterricht ausgeschlossen!«

»Was glaubst du, für wie lange?«

»Ich fasse es nicht, dass Casper zu Hause ist, während wir Schule haben!«

»Der verpasst den Grammatiktest.«

»Schreiben wir einen Test?«

»Du Trottel! Brabant warnt uns seit Tagen davor!«

»Ich wünschte, ich könnte auch nach Hause gehen.«

»Wahnsinn, mit einem einzigen Fausthieb hat er sich seinen superguten Ruf ruiniert.«

»Bestimmt schnaubt seine Mom vor Wut.«

»Und wetten, sein Vater versohlt ihm den Hintern, wenn er nach Hause kommt!«

»Ich frage mich, ob er dazu den Gürtel nimmt, so wie Ians Vater.«

»Ians Vater macht's mit 'nem Gürtel?«

»Hab ich gehört.«

»Oh Gott, guckt mal, was die da machen!«

»Was hat die denn in der Hand?«

»Seinen Schwanz?«

»Sehr witzig. Oh, jetzt hat sie's fallen lassen.«

Blanca hatte Casper zu sich an den Zaun gewunken, wo sie begonnen hatte, ihn durch das Drahtgeflecht hindurch zu küssen.

»Gut, dass ein Zaun zwischen denen ist, weil sonst …«, murmelte Jennifer, die neben Dee auf der Bank saß. »Casper muss unter Schock stehen, sonst würde er sich nicht vor allen so abküssen lassen. Dass die aber auch immer so eine Show abziehen muss.«

Dee setzte das Grinsen auf, von dem sie wusste, dass Jennifer es erwartete, dabei konnte sie kaum hinsehen. So viel

Gefühlsseligkeit tat weh – jetzt, wo zwischen ihr und Osei viel zu schnell alles schon wieder vorbei zu sein schien.

Sie wäre gern zu Mimi hinübergerutscht, die allein am Ende der Bank saß, mit geschlossenen Augen zurückgelehnt. Ihre Freundin war ziemlich komisch zu ihr gewesen: nicht fies oder sauer, sondern distanziert. Als Dee sie gefragt hatte, was los sei, hatte sie geantwortet, ihre Kopfschmerzen seien immer noch nicht weg. Die ganze Wahrheit schien das nicht zu sein.

Dee sah sich um. Bis auf Mimi starrten alle Sechstklässler – Osei, Jennifer, Rod, Duncan, Patty – immer noch fasziniert auf Blanca und Casper. Ian allerdings nicht. Er beobachtete mit einem Lächeln auf den Lippen Osei.

Warum fühlte sich plötzlich alles so mies an? Der Tag hatte so glücklich begonnen, und jetzt ....

Die Viertklässlerinnen mit ihren Springseilen schienen nichts bemerkt zu haben. Dee hörte sie eins der blöderen Hüpflieder singen:

Teddybär, Teddybär,
dreh dich um,
Teddybär, Teddybär,
mach dich krumm,
Teddybär, Teddybär,
heb ein Bein,
Teddybär, Teddybär,
das war fein!

Teddybär, Teddybär,
zeig mir einen Fuß,
Teddybär, Teddybär,
bestell einen Gruß.
Teddybär, Teddybär,
zeig mir deine Schuh,
Teddybär, Teddybär,
wie alt bist du?

Der Text war so monoton, dass Dee am liebsten losmarschiert wäre und die Mädchen geohrfeigt hätte, damit sie aufhörten. Erstaunt über sich selbst, schüttelte sie den Kopf. Was auch immer das Gift war, das sich auf dem Schulhof ausbreitete – auch sie war bereits infiziert.

*

Osei hätte sich selbst nicht als einen zornigen Menschen bezeichnet. In den Schulen, die er in seinem Leben besucht hatte, waren ihm viele Schüler über den Weg gelaufen, die sehr wohl zornig waren: zornig auf ungerechte Lehrer, strenge Eltern, treulose Freunde. Und einige waren sogar zornig auf Ereignisse in der Welt, etwa den Vietnamkrieg oder Nixon und seine Watergate-Kumpanen. Auch seine Schwester Sisi gehörte natürlich in diese Kategorie. Seit einem Jahr schimpfte sie in einem fort auf die *honkies* und die Politiker und die Schwarzen, die Afrika schlechtmachten, und die Afrikaner, die sich auf westliche Hilfe verließen. Sie schimpfte sogar auf Martin Luther King, der zu passiv gewesen sei. Manchmal diskutierte der Vater mit ihr; und einmal befahl er ihr, sich nie wieder so respektlos über Martin Luther King zu äußern. Sisis Zorn war so anstrengend, dass sich ihre Eltern meistens nur noch wortlos ansahen, und einmal bekam Osei mit, wie seine Mutter die Augen verdrehte, was eigentlich nur junge Mädchen machten; das hatte ihn überrascht. »Selbstgerecht« nannte seine Mutter Sisis Zorn, was nun wirklich kein Kompliment war.

Er selbst geriet nicht so leicht in Zorn. Sein Vater hatte recht, wenn er sagte, Wut sei der bequeme Weg. Viel schwieriger sei es, sein Temperament zu zügeln und ein Problem mit maßvollen Worten und wohlüberlegten Taten zu lösen. Dies war die Schule der Diplomatie, durch die sein Vater gegangen war, und der davon ausging, dass Osei später denselben Weg einschlagen würde – wenn er nicht Ingenieur wurde. Dass der

Vater Sisi nie vorschlug, die Diplomatenlaufbahn einzuschlagen, war kein Wunder.

Umso mehr wunderte sich Osei, als er merkte, dass nun die Wut in ihm hochstieg wie Wasser in einem Fluss. Eine Zeit lang fiel der steigende Pegel nicht auf, doch dann war das Wasser plötzlich überall, wo es eigentlich nicht sein durfte, auf Feldern und Straßen, in Häusern, Schulen und auf Pausenhöfen. Es war einfach da, man konnte es nicht umlenken, wurde es nicht los.

Angefangen hatte es mit den Erdbeeren, die Casper von Dee bekam. Als sie ihn dann auch noch gegenüber Osei verteidigt hatte, war der Pegel weiter gestiegen. Der Punkt aber, an dem das Wasser über die Ufer trat und die eigentliche Überschwemmung ihren Lauf nahm, war erreicht, als Osei das Erdbeermäppchen in Blancas Händen sah. Es war absurd, dass ein fremdes, weißes Mädchen den Gegenstand in der Hand hielt, den Osei vielleicht am meisten mit seiner Schwester assoziierte, als sie noch jünger war, glücklicher, einfach mehr wie eine Schwester. Offenbar wurde das Mäppchen inzwischen auf dem Schulhof herumgereicht, völlig losgelöst von seiner persönlichen Geschichte, als wäre es egal, dass es Sisi gehört hatte, als wäre Sisi egal, die doch für Osei wichtiger war als jeder andere Mensch. Auch wichtiger als Dee, wie ihm jetzt klar wurde. Dee hatte sich ihren Platz in seinem Herzen noch nicht verdient. Und mittlerweile war er sich nicht mehr sicher, ob es dazu überhaupt noch kommen würde.

Denn sie hatte ihn angelogen. Dee hatte ihm gesagt, das Mäppchen sei bei ihr zu Hause, und das war es eindeutig nicht. Sie hatte es weggegeben oder weggeworfen, und irgendwie war es bei Blanca gelandet. Caspers Freundin. Natürlich hatte Casper etwas damit zu tun. Osei wusste zwar nicht genau, was, doch er spürte es, und Ian hatte es bestätigt. Durch Dees Lüge und Caspers Verstrickung baute sich ein Druck in seinem Kopf auf, der sich irgendwann entladen musste.

Von der ersten Base aus hatte er Blanca beobachtet, wie

sie mit dem Erdbeermäppchen im Schoß auf dem Piratenschiff saß und es streichelte, genauso wie Sisi, genauso wie Dee. Dann war sie mit dem Mäppchen in der Hand zu Casper gerannt, und er hatte mit ansehen müssen, wie sich die beiden öffentlich zur Schau stellten und das Mäppchen beim Küssen zu Boden fiel. In diesem Moment war sein Zornpegel weiter gestiegen. Nun fehlte eigentlich nur noch jemand, der die Dämme endgültig zum Einreißen brachte.

Und dieser Jemand sollte Dee sein. Als die Klingel das Ende der Pause ankündigte – Blanca und Casper küssten sich immer noch, zu ihren Füßen unbeachtet das Mäppchen –, kam Dee auf ihn zugerannt.

»Osei, was ist …« Doch die Chance, ihren Satz zu beenden, gab er ihr nicht. Er würde sie nicht zur Rede stellen, wollte nicht ertragen müssen, dass sie ihm noch mehr Lügen auftischte, ihn behandelte, als wären sie zusammen und dann doch wieder so, als wäre er nur der Schwarze auf diesem weißen Schulhof. Das schwarze Schaf. Angeschwärzt und auf der Schwarzen Liste gelandet. Es war ein schwarzer Tag.

Und in diesem Moment brachen die Dämme, die seinen Zorn im Zaum gehalten hatten. »Lass mich in Ruhe!«, schrie er Dee an und gab ihr einen so kräftigen Stoß, das sie mit den Armen rudernd nach hinten kippte. Das scheußliche Geräusch, mit dem ihr Kopf gegen den Asphalt prallte, lenkte endlich von der faszinierenden Blanca-Casper-Show ab, und in Erwartung neuer Dramen schnellten alle Köpfe herum.

»Dee!« Mimi rannte los und kniete sich neben ihre Freundin, die ausgestreckt auf dem Boden lag, die Augen geschlossen. »Dee, was ist mit dir?« Als ihr Mimi die Haare aus dem Gesicht strich, begannen Dees Lider zu flattern; dann schlug sie die Augen auf.

Hilflos, beschämt und völlig entgeistert stand Osei daneben.

Dee sah sich verwirrt um; als ihr sein Blick begegnete, zuckte sie zusammen. »Mit mir ist alles okay.«

Mimi schaute zu Osei auf. »Was ist denn in *dich* gefahren?«, fauchte sie ihn an. »Bist du verrückt geworden? Warum hast du das gemacht?«

Osei schauderte vor Entsetzen über sich selbst. Und dennoch war sein Zorn nicht verraucht; mit herabhängenden Armen stand er da, reglos, stumm, wie gelähmt.

Als er Schritte hinter sich hörte, wusste er, dass es die Lehrer waren. Für einen kurzen Moment schloss er die Augen, obwohl ihm klar war, dass es ihm nicht helfen, ihn nicht fortzaubern würde von diesem weißen Schulhof und seinen Menschen, die sich gleich auf ihn stürzen, ihn ausschimpfen, zur Schulleiterin schleifen und seine Eltern benachrichtigen würden. Als er sich das Gesicht seiner Mutter vorstellte, schämte er sich in Grund und Boden.

»Was ist passiert?« Auch Miss Lode kniete nun neben Dee. »Bist du verletzt, Dee?«

»O hat sie geschubst!«, tönte Rods empörte Stimme aus der Schülermenge, die sich bereits gebildet hatte. »Er hat sie umgestoßen, dieser schwarze Mistkerl!«

»Pass auf, was du sagst, Rod!«, entgegnete Miss Lode warnend.

»Aber er *hat* sie geschubst!«

»Das reicht. Seine Hautfarbe hat nichts damit zu tun. Kannst du dich aufrichten, Dee?« Mit Mimis Unterstützung half sie Dee, sich zu setzen. Dee wirkte noch etwas benommen.

»Gut, und jetzt sag mir, wo du Schmerzen hast.«

Dee legte die Hand an ihren Hinterkopf. »Hier.«

»Ist dir schwindelig?«

»Ein bisschen.« In Oseis Richtung schaute sie nicht.

In diesem Moment tauchte Mr Brabant auf. »Die Klassen sollen sich aufstellen, los!«, befahl er und brach mit seiner Autorität den Bann: Sofort kam Bewegung in die Gruppe. »Du nicht«, fügte er hinzu, als Osei sich anschickte, den anderen zum Schulgebäude zu folgen. »Was hast du zu sagen, Osei?«

Osei schwieg.

»Er hat nichts gemacht«, antwortete Dee. »Ich … ich wollte zu ihm hinlaufen, bin gestolpert und hingefallen, das ist alles.«

»Dee, das ist doch nicht …«, fing Mimi an.

»Osei kann nichts dafür«, fiel ihr Dee ins Wort. »Er hat noch versucht, mich zu halten.«

Mr Brabant zog die Augenbrauen hoch. »Ach ja?«

»Wirklich. Ich habe nicht aufgepasst. Sie wissen doch, dass ich oft stolpere.«

»Wenn du gestolpert wärest, wärst du aber nach vorn gekippt. Und nicht nach hinten. Das hat mit der Schwungkraft zu tun, das habt ihr im Unterricht gelernt.«

»Ich bin aber gestolpert«, beteuerte Dee, während sie sich hochrappelte. »Mir geht's gut. Wirklich.« In Oseis Richtung schaute sie immer noch nicht.

Mr Brabant und Miss Lode sahen sich an. »Gut«, sagte Mr Brabant schließlich. »Dann geh jetzt zum Sanitätsraum und lass dich untersuchen und dir einen Eisbeutel für die Beule am Kopf geben. Und mach was mit deinen Haaren. Sonst beschwert sich deine Mutter und hängt uns damit ewig in den Ohren.«

Als die Mädchen gingen, blickte Osei zu Boden. Er traute sich nicht aufzuschauen. Dass Dee ihn gedeckt hatte, machte alles nur noch schlimmer, denn anstatt zu verrauchen, hatte sich sein Zorn zu etwas verfestigt, das ihm nun schwer im Magen lag. Eigentlich war es weniger Wut auf Dee als auf sich selbst. Er hatte ein Mädchen zu Boden gestoßen. Das tat man nicht. Seine Mutter würde vor Entsetzen nicht einmal schimpfen oder jammern, sondern sich einfach nur von ihm abwenden. Nicht einmal Sisi mit ihrem selbstgerechten Zorn auf alle Weißen würde stillschweigend über das, was Osei getan hatte, hinwegsehen.

Er spürte die Blicke der beiden Lehrer, während er mit gesenktem Kopf auf ihr Urteil wartete.

»Mit Leuten wie dir hatte ich schon zu tun«, brummte Mr Brabant. »Hast du vor, hier den Unruhestifter zu spielen, oder was?«

»Nein, Sir«, schoss es aus ihm heraus.

»Dein Glück, dass du ein Mädchen hast, das sogar für dich lügt. Weiß der Himmel, warum.«

Eingehend betrachtete Osei den Asphaltboden, Ursache so vieler aufgeschürfter Knie. Er fragte sich, warum Schulhöfe eigentlich nicht mit wohlwollenderem Gras bedeckt waren.

»Ich habe nicht viel erwartet von einem Sch…« – Mr Brabants Blick ging kurz zu Miss Lode – »… von dir. Insofern hat mich der heutige Tag auch nicht überrascht. Aber beim nächsten Vorfall, in den du in irgendeiner Weise verwickelt bist, fliegst du von der Schule, auch wenn du noch sosehr von einem hübschen Mädchen verteidigt wirst. Hast du mich verstanden?«

Osei biss so fest die Zähne zusammen, dass er fürchtete, sie würden auseinanderbrechen, dann nickte er.

»Gut.« Mr Brabant hob die Stimme. »Wieso steht ihr immer noch hier herum? Warum habt ihr euch nicht längst aufgestellt? Ich zähle bis zehn, los jetzt, sonst gibt's Nachsitzen!«

Die Schüler rannten los. Osei trottete seinen Lehrern hinterher, die in normalem Tempo zum Schulgebäude gingen. Sich der Demütigung auszusetzen, vor ihren Augen hinter den anderen herzugaloppieren, wäre zu viel verlangt gewesen, auch wenn er dafür womöglich nachsitzen musste.

»Richard, ich …«, fing Miss Lode zögernd an.

»Was?«, blaffte Mr Brabant sie an wie eine Schülerin. »Oh, Entschuldigung. Was ist, Diane?«

»Na ja … ich frage mich, ob wir nicht ein bisschen hart mit ihm umgehen.«

»Hart? Er hat gerade ein Mädchen zu Boden gestoßen!«

»Ja, schon, aber … es ist bestimmt nicht leicht für ihn, so ganz allein hier auf dieser Schule.«

»Für wen ist das Leben schon leicht? Im Gegenteil, er hat es sogar *zu* leicht. Sobald er erwachsen ist, wird man ihm mit irgendwelchen Fördermaßnahmen einen guten Job zuschieben. Einen guten Job, den eigentlich jemand anders bekommen müsste, der besser qualifiziert ist.«

»Haben Sie das vielleicht am eigenen Leib … egal.« Miss Lode seufzte. »Mein Gott, was ist heute eigentlich los? Erst Casper, und jetzt das. Hat denen jemand in der Kantine etwas ins Essen gemischt?«

»Sie wissen ganz genau, was der Grund ist«, antwortete Mr Brabant finster. »Diese Schule ist noch nicht bereit für einen schwarzen Schüler.«

»Anscheinend.«

»Und im Übrigen ist der Tag noch nicht vorbei. Aller guten Dinge sind drei, wie man so schön sagt – und das gilt auch für die schlechten.«

*

Die letzten Überbleibsel von Mimis Kopfschmerzen hatten sich verflüchtigt, ihr Blick war wieder klar. Als hätte sie an den Rädchen eines Fernglases gedreht, bis sich alles Verschwommene zu einem scharf umrissenen Bild zusammenfügte.

Vielleicht lag es auch daran, dass Ian sie jetzt in Ruhe ließ. Seit sie am Montagmorgen vor dem Fahnenmast eingewilligt hatte, seine Freundin zu sein, hatte seine Aufmerksamkeit auf ihr gelastet wie eine dicke, schwere Decke, unter der sie sich kaum noch bewegen konnte. Sogar wenn er außer Blickweite war, ließ er sie irgendwie spüren, dass es ihn gab – durch Rod, der in Ians Auftrag ständig ein Auge auf Mimi hatte, oder einfach nur dadurch, dass Ian das Machtzentrum des Schulhofs und damit allgegenwärtig war. Für einen kurzen Moment hatte sich Mimi in dieses Zentrum hineinziehen lassen, sich dort aber so unwohl gefühlt, dass sie wie gelähmt war. Mit dem Erdbeermäppchen hatte sie sich ihre Freiheit zurückgekauft, und das hatte sich gelohnt: allein das wiedergewonnene Gefühl von Bedeutungslosigkeit vorhin beim Kickball. Ians Aufmerksamkeit hatte sich auf andere gerichtet, und Mimi konnte wieder atmen, konnte die Augen schließen und frei von prüfenden Blicken ihren Platz wiederfinden.

Aber ein schlechtes Gewissen hatte sie schon: Dass Ian nun im Besitz des Mäppchens war und somit auch Oseis Adresse und Telefonnummer kannte, versprach nichts Gutes. Warum hatte sie nicht wenigstens daran gedacht, den Zettel herauszunehmen? Vor allem aber quälte sie der Gedanke, dass sie etwas weggegeben hatte, das für Dee kostbar war; damit hatte sie ihre Freundin verraten.

Sie seufzte. Wenigstens kann ich Dee jetzt helfen, dachte sie, als sie sich bei ihr einhakte und sie die Treppe hoch zum Sanitätsraum führte.

Miss Montanos Reich im zweiten Stock war ein winziger Raum plus Toilette, in dem unaufhörlich Hitparaden-Songs aus einem Radio dudelten. Wohl jeder war schon einmal mit Schnittwunden, Bauchschmerzen oder Fieber bei Miss Montano gelandet. Mit ihren Kopfschmerzen gehörte Mimi zu den Stammgästen. Die Tür stand einen Spalt weit offen, und im Radio lief »Band on the Run«, begleitet von einem Wimmern und den Ermahnungen der Krankenschwester, sich nicht »wie ein Baby« anzustellen.

Mimi und Dee setzten sich auf die an der Flurwand aufgereihten Stühle und warteten. An der gegenüberliegenden Wand klebten verschiedene Plakate: eine Mahnung, sich nach jedem Toilettenbesuch die Hände zu waschen, Anweisungen zum Umgang mit Läusen, typische Symptome von Windpocken, Mumps und Masern, Hinweise auf einen Tuberkulin-Test, einen Sehtest, eine Pocken- und eine Polioimpfung. Vor all diesen Informationen sitzen zu müssen, die für Erwachsene gedacht waren, strengte Mimi an. Die Plakate machten die Welt zu einem angstbesetzten Ort. Sie wünschte sich, ihre Mutter wäre da und würde ihr die Last dieser Sorgen abnehmen.

Aus dem Zimmer drang immer noch Gejammer. Ein aufgeschlagenes Knie, das Miss Montano gerade mit Jod desinfizierte, vermutete Mimi. Wahrscheinlich ein jüngerer Schüler, zweite oder dritte Klasse. Sie hatte schon so oft hier gesessen, dass sie in Sachen Geheul alle Tonlagen kannte.

Dee lehnte sich mit geschlossenen Augen zurück. Mimi hätte sie gern gefragt, wie es ihr ging; es gab einiges, das sie gern gesagt hätte. Doch aus ihren eigenen Erfahrungen mit Kopfschmerzen wusste sie, dass aufgeregtes Tamtam nicht half. Stattdessen versuchte sie es mit praktischen Dingen. »Ich hole mal Wasser. Willst du was trinken?«

»Ja, bitte.«

Mimi zog zwei Pappbecher aus einem Spender an der Wand und ging zum Trinkbrunnen am Ende des Flurs, um sie zu füllen. Als sie zurückkam, lief im Radio »Reelin' in the Years« von Steely Dan, und Dee hatte angefangen zu weinen. Mimi setzte sich neben sie, gab ihr das Wasser. »Trink.«

Dee leerte den Becher in einem Zug und knüllte ihn zusammen, ohne der Scherzfrage darauf Beachtung zu schenken. Mimi nippte nur, las aber den Witz, der auf ihren Becher gedruckt war: *Wer hört alles und sagt nichts? Das Ohr.* Lustig waren die nie.

»Komm«, sagte sie, »ich flechte dir die Haare. Zwei Zöpfe oder einen?«

»Einen.«

»Französisch?«

»Ja. Nein. Einfach einen ganz normalen Zopf.«

»Dreh dich um.«

Dee gehorchte Mimi, die sich schon seitlich auf ihren Stuhl gesetzt hatte und nun ihrer Freundin die Haare über den Rücken legte. Sie fing an, die dicken blonden Strähnen mit bloßen Fingern zu kämmen und zu bändigen. Dees Haare hatte sie erst ganz selten offen gesehen. Eigentlich war es eine Schande, sie wieder zusammenzuschnüren. Aber anscheinend störten sich die Erwachsenen daran.

Sie teilte Dees Haar in drei Stränge. »Und jetzt erzähl mir, was los ist«, sagte sie, während sie zu flechten begann.

»Oh …« Dee schüttelte den Kopf. »Es ist nichts.«

»Hör doch auf. Es ist nicht nichts. Was ist eben da draußen passiert?« Mimi hatte mit geschlossenen Augen auf der Bank gesessen und sich in Gedanken weit von diesem Schulhof entfernt. Von Dees Sturz hatte sie nur noch den Aufprall mitbekommen, aber sie hatte Oseis wutverzerrtes Gesicht gesehen und wusste, dass Dees Behauptung, gestolpert zu sein, nicht stimmen konnte.

»Ich weiß nicht, warum er plötzlich so wütend auf mich ist.« Dee wischte sich mit einer Hand über die Augen. »Ich weiß nicht, was ich gemacht habe. Alles war so toll, und dann … war plötzlich nichts mehr toll. Als hätte jemand einen Schalter umgelegt, als hätte ihm jemand irgendetwas über mich erzählt. Aber was könnte das gewesen sein? Ich habe doch nichts Böses getan! Außer …«

»Was?«

Dee schüttelte den Kopf. »Nichts.«

Als offenkundig wurde, dass sie schweigen würde, schüttelte auch Mimi den Kopf. »Jungen sind komisch.«

»Und Ian? Gehst du –«

»Wir haben gerade Schluss gemacht.« Mimi dachte an ihren Tausch – Erdbeermäppchen gegen Trennung –, und das schlechte Gewissen fuhr ihr in den Magen. Sie musste es Dee sagen. Aber würde sie sich trauen?

Dee schaute ihre Freundin an. »Ach, Mimi! Das ist …« Sie beendete ihren Satz nicht, doch die Erleichterung war ihr anzumerken, und das verletzte Mimi mehr, als sie erwartet hatte. Dee hatte zwar nie etwas dazu gesagt, aber dennoch ihr Urteil gefällt.

»Ja, das ist gut«, sagte Mimi, »ich weiß. Keine Ahnung, was in mich gefahren ist, überhaupt mit ihm zu gehen.«

»Ein bisschen gewundert haben wir uns schon …« Zum ersten Mal lächelte Dee. »Er ist so anders als du.«

»Ich glaube, ich habe mich geschmeichelt gefühlt. Mit mir wollte noch nie jemand gehen. Weil ich komisch bin.«

»Bist du nicht!«

»Doch. Und das weißt du. Ich war schon immer außen vor. Es gibt nichts, worin ich richtig gut bin. Ich habe keine guten Noten, ich kann nicht schnell rennen, ich kann nicht gut zeichnen, nicht gut singen, keine guten Aufsätze schreiben. Und ich kriege dauernd diese dummen Kopfschmerzen. Die halten mich doch alle für eine Hexe oder so. Manchmal staune ich darüber, dass ich deine beste Freundin bin.« Vor allem dann, wenn ich deine Sachen verschenke und dich anlüge, dachte sie.

»Hör auf, solchen Unsinn zu reden. Du bist der interessanteste Mensch, den ich kenne – von Osei jetzt mal abgesehen.«

Wie ein Stich ins Herz war die Eifersucht da und mit ihr die Versuchung, an Dees Zopf zu reißen. Aber Mimi bezwang sich, zog nur ein kleines bisschen daran und sagte: »So, hast du ein Gummi?«

Dee suchte in ihrer Hosentasche. »Und übrigens bist du beim Seilspringen auch eine sehr gute Dreherin«, sagte sie und gab Mimi ein rosa Haargummi.

Weil Mimi nicht genau wusste, wie ernst dieses Lob gemeint war, beschloss sie, dass es ein Witz sein musste, und lachte. »Ja, das kann ich gut.« Sie ließ den Zopf los. »Fertig.«

»Danke.« Dee lehnte den Kopf an die Wand, zuckte zusammen und beugte sich wieder nach vorn. »Autsch.«

»Die Beule?«

»Ja.«

»Das war ein ziemlicher Schlag. Ist dir schwindelig oder schlecht?«

»Nein.«

»Gut. Dann hast du wahrscheinlich keine Gehirnerschütterung. Das wird auch Miss Montanos Sorge sein.«

Die beiden schwiegen. Dies war der Moment, ihrer Freundin die Sache mit dem Federmäppchen zu beichten. Sie schluckte, öffnete die Lippen, doch nichts kam heraus. Es war schwer, so einen Fehler zuzugeben. Und mit ihrem ordentlichen Zopf wirkte Dee plötzlich so viel ruhiger, wieder mehr sie selbst. Mimi wollte sie nicht abermals aus der Fassung bringen.

Dann kam im Radio ein neues Lied, Mimi und Dee horchten auf, und schon war der Moment vorbei.

I heard he sang a good song
I heard he had a style
And so I came to see him
To listen for a while

So leise die Musik durch den Türspalt drang, die warme Stimme von Roberta Flack erreichte die beiden Mädchen trotzdem. Sie waren verrückt nach diesem Lied, seit es vor über einem Jahr herausgekommen war. Und dieses Jahr hatte eine Fünftklässlerin den Talentwettbewerb der Schule damit gewonnen. Allerdings hatte Mimi mitbekommen, wie Mr Brabant zu Miss Lode sagte, dass es unmöglich sei, eine Zehnjährige so ein Lied singen zu lassen. Dee hatte begonnen mitzusummen.

Strumming my pain with his fingers
Singing my life with his words
Killing me softly with his song …

Sie verstummte. »Ach, Mimi, ich weiß nicht, was ich machen soll.«

»Magst du Osei?«

»Ja. Sehr. Ich bin so gern mit ihm zusammen. Er ist ganz anders als die anderen hier.«

Mimi schwieg; sie versuchte, es nicht als Kritik zu verstehen.

»Er ist so viel herumgekommen und hat so viel zu sagen. Die anderen wirken richtig langweilig im Vergleich zu ihm. Auch ich mit meinem langweiligen Vorstadtleben. Ich möchte aufregendere Dinge machen, zum Beispiel häufiger in die Stadt fahren. Wann warst du das letzte Mal in Washington, ich meine, richtig im Zentrum?«

»An Ostern – wir haben meinen Cousinen das Washington Monument gezeigt.«

»Ich wollte Osei vorschlagen, dieses Wochenende mit mir den Bus zu nehmen und vielleicht nach Georgetown zu fahren.«

»Und deine Mutter?«

»Was soll mit der sein?« Wieder brach der Trotz durch, mit dem Dee schon auf Mr Brabant reagiert hatte.

»Egal. Wenn du willst, kannst du sagen, dass du bei mir bist.«

»Das werde ich nicht müssen, wenn er weiter sauer auf mich ist. Ich habe das Gefühl, wenn wir uns jetzt nicht versöhnen, ist es aus.«

»Hat er dich denn vorhin geschubst?«

Dee antwortete nicht.

»Weil, es wäre schon schlimm, wenn er dich geschubst hätte, findest du nicht?«

»Es war ein Unfall. Er wollte mir nicht wehtun, da bin ich mir sicher.«

»Ja?«

»Ich mache mir mehr Gedanken darüber, wie er sich vorher verhalten hat, beim Kickball-Spielen und sogar schon davor. Warum ist er auf einmal so anders? Erst so nett und dann aus heiterem Himmel so wütend und distanziert?«

Mimi zuckte mit den Schultern. »Ich verstehe die Jungen eh nicht. Und die verstehen uns nicht.«

»Au!«, kam es aus dem Zimmer, und dann: »Ich bin fast fertig, Jimmy. Halt still!«

He sang as if he knew me
In all my dark despair
And then he looked right through me
As if I wasn't there

Wieder begann Dee zu weinen. Mimi wusste, dass es besser war, sie in Ruhe zu lassen.

Vielleicht könnte sie das Erdbeermäppchen ja zurückbekommen, ehe Ian etwas damit anstellte – es verkaufte oder was er sonst damit vorhatte. Sie würde sich wappnen und ihn fragen.

Im Sanitätsraum wurde es unruhig, und Dee hatte gerade noch Zeit, ihre Tränen zu trocknen, da öffnete sich die Tür, und ein kleiner Junge mit Pflastern an Knien und Ellbogen humpelte heraus, hinter ihm im weißen Kittel Miss Montano mit ihrer fest im Gesicht verankerten Gelassenheit.

»Geh wieder in deine Klasse, Jimmy«, sagte sie. »Und beim nächsten Mal schaust du, wo du hintrittst. Also wirklich! Immer diese Jungs«, murmelte sie noch, als sie sich schon Mimi und Dee zuwandte. »So, jetzt zu euch. Wieder Kopfschmerzen, Mimi?«

»Nein, Miss Montano, ich bin nur mitgekommen. Miss Lode hat mir gesagt, ich soll Dee begleiten. Sie hat sich den Kopf gestoßen.«

»Ach ja? Dann komm rein, Dee, lass mal schauen.« Sie nickte Mimi zu. »Du kannst wieder in deine Klasse gehen. Wenn es nichts Schlimmes ist, kann Dee alleine zurückgehen. Ansonsten schicke ich sie nach Hause.« Miss Montanos Resolutheit beruhigte Mimi, endlich war sie aus der Verantwortung entlassen. Die Erwachsenen konnten gern das Kommando übernehmen.

Sie drückte Dees Hand. »Wir sehen uns später.«

Dee nickte und stand auf, um der Schwester in den Sanitätsraum zu folgen. »Danke, Mimi.«

»Klar doch.«

Als die beiden fort waren, blieb Mimi noch sitzen und ließ Roberta Flack weiter ihren Schmerz in die Welt hinaussingen. Sie wartete gespannt darauf, ob ihr das nächste Lied ein Zeichen geben würde. Sie hatte es noch nie jemandem gesagt, nicht einmal Dee, aber wenn sie durcheinander war, suchte sie manchmal in allen möglichen Dingen nach Zeichen. Und jetzt war in ihrem Hirn der Teufel los; sie brauchte irgendetwas, das diesem Tag einen Sinn verleihen würde.

Als Dr. John über den richtigen Ort und die falsche Zeit zu singen begann, nickte Mimi. Das konnte in ihren Augen durchaus als Zeichen gelten, es ergab Sinn: Der ganze Tag hatte sich bisher falsch angefühlt. Sie konnte es kaum erwarten, dass er zu Ende ging.

FÜNF

Nach der Schule

My mommy told me
If I was goody
That she would buy me
A rubber dolly

My sister told her
I kissed a soldier
Now she won't buy me
That rubber dolly

Now I am dead
And in my grave
And there beside me
A rubber dolly

Dee war erleichtert, als die Klingel ertönte und der Schultag endlich zu Ende war. Es kam ihr vor, als hätte sie Stunden auf diesen Moment warten müssen. Nach ihrer Rückkehr aus dem Sanitätsraum – den Grammatiktest hatte sie verpasst –, hatte Osei ihr nicht ein einziges Mal zugelächelt und sie den restlichen Nachmittag ignoriert. Er strahlte eine Eiseskälte aus, als sie im Kunstunterricht nebeneinander saßen und für den Muttertag aus Seidenpapier, Bastelfolie, Illustrierten, Glitter, bunten Pfeifenreinigern und anderen Materialien Geschenkkarten bastelten. Dass er direkt neben ihr saß, machte die Sache nur noch schlimmer.

Normalerweise freute sich Dee auf die Kunststunden, in denen Mr Brabant für Mrs Randolph das Feld räumte und die Atmosphäre in der Klasse lockerer wurde, angenehmer. Während die Hände beschäftigt waren, durften sich die Schüler bei Mrs Randolph unterhalten. Sie spornte sogar dazu an. »Wenn wir ganz entspannt sind und uns frei fühlen, sind wir am kreativsten«, sagte sie mit ausholenden Gesten, die ihre unzähligen Armreifen klimpern ließen. Sie trug immer knallroten Lippenstift, der in dem Netz aus feinen Falten um ihren Mund versickerte.

»Licht und Leidenschaft. Danach suchen wir. *Comme les Français*.«

Mrs Randolph war mehrmals in Paris gewesen, woran sie die Schüler mit französischen Ausdrücken, die sie in ihre gefühlvollen Ansprachen einbaute, immer wieder gern erinnerte.

Die Muttertagskarten sollten außergewöhnlich werden,

nicht einfach irgendwelche Blumenbilder, unter denen dann »Liebe Mom, alles Gute zum Muttertag!« stand. »Es gibt so viele Dinge, die ihr verwenden könnt, schaut her, ihr müsst sie spüren!« Während sie das sagte, warf sie Seidenpapierbögen in die Luft, ließ Zeitschriften aufflattern und wedelte mit Glasfläschchen voll silbernem Glitter. »Seid inspiriert!«, fügte sie, auf die ratlosen Blicke ihrer Schüler reagierend, hinzu. »Denkt an eure Mutter und überlegt euch, was sie alles für euch tut. Wie sehr sie euch liebt und wie viel sie für euer Glück geopfert hat. Verleiht eurer ganzen Liebe Ausdruck auf diesem Stück Papier.« Sie hielt eine der weißen Karten hoch, die sie ausgeteilt hatte. »Drückt eure Gefühle aus – zu Ehren eurer Mutter. *Ah, l'amour pour la mère, c'est merveilleux*!«

Dee kicherte nervös und warf Osei einen Seitenblick zu. Er schaute nicht auf. Sein Gesicht war ernst, sein Blick auf die leere Karte geheftet. Dee biss sich auf die Lippen und schaute zu Patty, die mitleidig den Mund verzog. »Was macht dein Kopf?«, fragte sie betont laut und warf Osei dabei einen zornigen Blick zu, als müsste sie Dee daran erinnern, ihm böse zu sein. Osei zuckte unmerklich zusammen.

Pattys Mahnung kam für Dee gerade zur rechten Zeit. Ja, sie sollte ihm wirklich böse sein, das war schließlich ihr gutes Recht. Er hatte sie geschubst, hatte ihr wehgetan. Eigentlich müsste er sich entschuldigen. Sie sollte ihn wütend anstarren, sollte darauf bestehen, sich umzusetzen, damit sie seine Nähe nicht mehr ertragen musste, vielleicht zur nächsten Tischgruppe umziehen, auf Caspers leeren Platz. Andere Mädchen hätten genau das getan. Blanca hätte es genossen, einmal aus gutem Grund solch einen Wirbel zu veranstalten.

Aber Dee war nicht wütend, im Gegenteil: Sie hatte ein schlechtes Gewissen – als müsste sie sich bei ihm entschuldigen und nicht umgekehrt. Ja, er hatte das Recht, wütend auf sie zu sein, sie anzuschreien und wegzuschubsen. Er war schwarz und den ganzen Tag auch so behandelt worden, anders als jeder weiße Neuankömmling. Dee wusste, dass er auch sie vielleicht vor allem deshalb interessierte, weil er schwarz war – nicht unbedingt ein guter Grund, jemanden wegen seiner Hautfarbe anziehend zu finden. Sie betrachtete seine Hände, so dunkelbraun wie morgens der Kaffee ihres Vaters. Inzwischen hatten diese Hände begonnen, aus rotem Bastelpapier etwas auszuschneiden, das wie ein schiefes Herz aussah. Seine Fingernägel waren lang und eckig und sehr hell.

»Dee?«

Patty sah sie erwartungsvoll an, und Dee fuhr zusammen. »Oh, alles okay. Meinem Kopf geht's gut.« Rasch griff sie nach einem blauen Pfeifenreiniger, ohne die leiseste Idee zu haben, was sie damit anstellen sollte.

»Ja, wen haben wir denn hier?« Mrs Randolph schwebte auf ihre Tischgruppe zu. »Du musst neu sein. Sonst würde ich mich bestimmt an dich erinnern!« Sie lächelte auf Osei herab. An ihren großen Vorderzähnen klebte Lippenstift.

Osei hielt mit dem Schneiden inne, schaute aber nicht auf. »Ja, Ma'am.«

Mrs Randolph lachte. »Ach, so förmlich braucht ihr bei mir doch nicht zu sein. Wie heißt du?«

»Osei.«

»Was für ein interessanter Name! Also, Osei, du kannst mich Kay nennen.« Mrs Randolph war immer bemüht, sich von ihren Schülern mit dem Vornamen anreden zu lassen. Was keiner von ihnen tat. »Hier gibt es keine Hierarchie. Doch nicht in der Kunst! Hier zählt nur der Ausdruck. Und heute drücken wir den Respekt und die Liebe zu unseren Müttern aus. Was hast du mit deiner Karte vor?«

Normalerweise hätte Dee ihm zur Beruhigung zugeflüstert, dass Mrs Randolph jedem Schüler irgendwann diese peinliche Aufmerksamkeit zukommen ließ. Man musste einfach die Zähne zusammenbeißen und es über sich ergehen lassen; sobald sie zum nächsten Tisch ging und einem den Rücken zuwandte, konnte man sich feixend zurücklehnen. Aber seit

Osei sie so demonstrativ ignorierte, ging das natürlich nicht mehr.

Er sah zu Mrs Randolph hoch und sagte: »Ich schneide Erdbeeren für sie aus. Das ist ihr Lieblingsobst.«

Dees Magen zog sich zusammen, während Mrs Randolph in die Hände klatschte. »*Formidable*! Du hast etwas gesucht, das typisch für deine Mutter ist – eine zauberhafte Idee! Lass dich dabei durch die Materialien nicht einengen. Du brauchst auch keine Schere zu benutzen, wenn du nicht willst. Du kannst die Erdbeeren einfach ausreißen, wenn du möchtest! Willst du sie ausreißen?« Klare Linien schienen Mrs Randolph mehr zu stören als jede Unordnung.

Osei senkte den Blick und schnitt weiter aus. »Ich nehme die Schere.«

»Natürlich, natürlich!« Mrs Randolphs Stimme klang schrill. »*Super*! Und was machst du, Dee? Wie willst *du* deine Mutter hochleben lassen?«

»Ich … ich …« Dee nestelte an dem Pfeifenreiniger, bis ein flauschiger, blauer Knubbel daraus geworden war. Mrs Benedetti war keine Mutter, die man »hochleben« ließ.

»Blaubeeren!«, rief Mrs Randolph. »Sind Blaubeeren das Lieblingsobst *deiner* Mutter? Dann wird das hier vielleicht der Obsttisch. Du bist ja ein richtiger Trendsetter, Osei!« Erwartungsvoll schaute sie auf Duncans und Pettys Karten, wo sie vielleicht hoffte, Bananen oder Orangen abgebildet zu sehen. Doch Duncan war mit dem Kopf auf den Armen eingeschlafen; Mr Brabant hätte so etwas niemals geduldet, aber Mrs Randolph war da nachsichtiger. Patty hatte im Übrigen begonnen, eine der säuberlichen Seidenpapier-Blumen zu basteln, deren Herstellung ihnen im letzten Schuljahr eine traditionellere Kunstlehrerin beigebracht hatte. Einen Moment lang schien Mrs Randolph nicht übel Lust zu haben, Patty die Blume zu entreißen und sie vor ihren Augen zu zerpflücken. Doch dann lächelte sie strahlend und wandte sich der nächsten Tischgruppe zu. »Was erwartet uns denn hier?

Lieblingsgemüse?« Sie brach in das ihr eigene, schallende Gelächter aus, und Dee zuckte zusammen.

Wäre dies die erste Stunde gewesen, Duncan noch wach und sie und Osei noch glücklich miteinander, hätten alle vier – sogar die brave Patty – gemeinsam über Mrs Randolph lästern, ihre Stimme imitieren und tagelang ihre Kommentare wiederholen können, bis ein Insiderwitz daraus geworden wäre. Stattdessen arbeitete jeder still und verbissen vor sich hin, während an den Tischen ringsum gescherzt und gelacht wurde.

Patty bat darum, auf die Toilette gehen zu dürfen, und als sie zurückkam, blieb sie noch eine Weile bei den Mitschülern am anderen Ende des Klassenzimmers stehen, kommentierte deren Blumen und hatte es nicht eilig, zu ihrer trübsinnigen Gruppe zurückzukehren. Dee hätte sie am liebsten zurückgepfiffen oder Duncan einen Tritt versetzt, damit er aufwachte; sie brauchte einen Puffer zwischen sich und Osei. Doch so blieb ihr nichts anderes übrig, als steif dazusitzen und zu tun, als existierte der andere nicht.

Aus den Augenwinkeln beobachtete sie dennoch, wie Oseis Karte Form annahm. Auf der Vorderseite klebten nun auf einem Untergrund, dessen Rosa dem des Mäppchens verdächtig ähnlich sah, drei große Erdbeeren. Auf die Innenseite schrieb er in europäisch anmutender Handschrift ganz formell: »Liebe Mutter, ich wünsche dir alles Gute zum Muttertag, Dein Sohn Osei.«

War das vielleicht die Ursache seines Zorns – das Federmäppchen? Dee überlegte, wo es sein konnte. Als sie aus dem Sanitätsraum zurückgekommen war, hatte sie noch einmal unauffällig in ihr Pult geschaut in der Hoffnung, dass es vielleicht doch wieder aufgetaucht war, aber da lag es nicht. Osei hatte sich nichts anmerken lassen, doch sie spürte, dass er wusste, wonach sie suchte. Hatte sie es irgendwo fallen lassen? Sie musste unbedingt nachschauen, ob es nicht bei den Fundsachen gelandet war.

Zehn Minuten vor Schulschluss klatschte Mrs Randolph in die Hände und forderte alle Schüler auf, die fertigen Karten auf ihre Pulte zu legen, in der Klasse herumzugehen und sich die Karten der anderen anzuschauen; aufräumen sollten sie erst danach. Dee sprang erleichtert auf. Die letzte halbe Stunde war wie eine Strafe für etwas gewesen, von dem sie nicht wusste, dass sie es verbrochen hatte. Zu guter Letzt hatte sie wirklich eine blödsinnige Karte mit aufgeklebten Blaubeeren gebastelt, obwohl ihre Mutter Blaubeeren gar nicht mochte. Als hätte sie Oseis Karte nachgemacht.

Auch er schien nur darauf zu warten, sich von seiner Tischgruppe zu entfernen. Während Dee umherging und Blumen aus Seidenpapier, Blütenbilder und Obstarrangements bewunderte (von Gemüse keine Spur), merkte sie, dass ihr die ganze Zeit bewusst war, wo sich Osei gerade aufhielt. Irgendwann schien er verschwunden zu sein, bis sie ihn dann auf einem Sitzsack in der Leseecke wiederfand, in einem Exemplar des Mad-Magazins blätternd, das jemand dort liegen gelassen hatte.

»Osei, es klingelt gleich, wir müssen noch aufräumen.«

Er deutete ein Nicken an, stand auf und schlurfte zu seinem Pult. Wie selbstbewusst er heute Morgen den Schulhof überquert hat, dachte Dee. Wo war das ganze Selbstvertrauen hin?

Als sie zusammen aufräumten, Papier, Klebstoff, Stifte und Pfeifenreiniger in einem Karton versenkten, sagte Osei plötzlich leise zu ihr: »Warte auf dem Schulhof.«

Dee nickte unglücklich. Zu Hause würde sich ihre Mutter wundern, aber sie würde ihr sagen, dass sie länger geblieben sei, um noch ein bisschen mit den anderen seilzuspringen.

Sofort nach dem Klingeln flüsterte sie: »Ich komme in einer Minute.« Dann hetzte sie zum Büro der Schulleiterin, wo im Flur der Kasten mit den Fundsachen stand.

Als sie kniend in einem Durcheinander aus scheinbar identischen blauen Strickjacken und einzelnen Turnschuhen wühlte, hörte sie Mrs Dukes Stimme; offenbar telefonierte sie:

»Nein, er hat eigentlich nichts angestellt. Nichts, was unter Strafe steht. Aber er war in einen Zwischenfall mit einem Mädchen verwickelt – nein, nein, nicht so etwas, das Mädchen ist gestürzt und hat sich den Kopf gestoßen.« Schweigen. »Ich wollte Sie nur darauf hinweisen.« Schweigen. »Das verstehe ich. Natürlich dauert es immer ein bisschen, sich in einer neuen Schule einzuleben, vor allem für jemanden wie … jemanden in einer Situation wie Ihr Sohn. Er ist vielleicht nicht an die Verhaltensweisen gewöhnt, die wir von unseren Kindern erwarten.« Schweigen. »Nein, damit wollte ich nicht sagen, dass –« Schweigen. »Natürlich. Ich sage ja auch nicht, dass Sie Ihren elterlichen Pflichten nicht nachkommen. Lassen wir ihm einfach ein bisschen Zeit, sich einzuleben, ja? Wir behalten ihn im Auge.« Schweigen. »Das wird nicht nötig sein. Warten wir einfach ein, zwei Wochen ab, Mrs Kokote, dann unterhalten wir uns noch einmal, in Ordnung? Es tut mir leid, aber es hat geklingelt, und ich muss in die Lehrerkonferenz. Auf Wiederhören.« Als sie aufgelegt hatte, murmelte sie: »Gott, gib mir Kraft!«

»Der macht's Ihnen nicht einfach, was?«, gluckste die Schulsekretärin, die bei offener Tür im angrenzenden Büro arbeitete.

»Ich würde es als Dreistigkeit bezeichnen. Gott sei Dank haben wir ihn nur für einen Monat. Die nächste Schule kann sich dann weiter mit ihm befassen.«

»Glauben Sie, er hat Dee Benedetti geschubst?«

Dee erstarrte. Wenn sie sich bewegt hätte, wäre die Sekretärin auf sie aufmerksam geworden.

»Ich *weiß*, dass er sie geschubst hat. Mehrere Kinder haben mir beteuert, dass sie es gesehen haben. Aber solange Dee es nicht sagt, ist es schwierig, ihn zu beschuldigen.«

»Da hat er Dee wohl den Kopf verdreht, was? Ihr Lust auf ein bisschen Schokolade gemacht, hab ich recht?«

»Kann man so sagen«, grummelte Mrs Duke.

»Das dauert eh nicht lang. Kinder! In der großen Pause

gehen sie plötzlich miteinander, und beim Mittagessen machen sie wieder Schluss. So ist das in dem Alter.«

»Ich weiß nicht. Diane hat mir erzählt, Dee hätte ihre Zöpfe aufgemacht und ihm erlaubt, ihre Haare anzufassen. Das wird ihrer Mutter gar nicht gefallen. Mir graut es schon davor, sie anzurufen. Sie kennen doch Mrs Benedetti.«

»Oh, ja!« Jetzt lachte die Sekretärin laut auf. »Aber Dee hat doch gegen keine Regel verstoßen, oder? Da *müssen* Sie ihre Mutter doch eigentlich gar nicht anrufen.«

»Schon, sie muss doch wissen, dass Dee einen Unfall hatte. Aber ich brauche ja nur zu sagen, dass ihre Tochter gestolpert ist. Gott sei Dank muss ich den Jungen nicht erwähnen. Egal. Irgendwann kriege ich ihn dran, Dee hin oder her.«

In diesem Moment drehte die Sekretärin den Kopf zur Seite und sah das im Flur über die Kiste mit den Fundsachen gebeugte Mädchen. »Dee! Was machst du da?«

»Nichts! Ich habe nur was gesucht, aber nicht gefunden.« Als Dee aufstand, hörte sie im anderen Büro einen Stuhl über den Boden schrammen, und schon tauchte in einer Parfümwolke Mrs Duke im Türrahmen auf. Sie wirkte alarmiert.

»Hast du etwa gelauscht, Dee?«

»Nein, Mrs Duke. Ich habe bei den Fundsachen nach etwas gesucht.«

»Wonach denn?«

»Nach einem … einem Federmäppchen.« Außerstande, Mrs Duke in die Augen zu blicken, heftete Dee ihren Blick auf die Perlenkette. Mrs Duke trug sie abwechselnd mit einer Brosche in Form einer Spinne oder – im Winter – einer mit Strass besetzten Schneeflocken-Brosche. Je nachdem, was die Schulleiterin gerade trug, wurde sie von Dee und ihren Freundinnen Spider-Woman, Flocke oder die Perle genannt.

»Wie sieht es denn aus?«

»Es ist rosa, mit Erdbeeren drauf. Aber hier ist es nicht. Es ist … weg.«

»Gut. Dann ab mit dir.«

Dee war schon losgerannt, da rief ihr Mrs Duke »Moment mal!« hinterher. Dee blieb abrupt stehen.

Sie drehte sich um. »Ja, Mrs Duke?«

Die Schulleiterin verschränkte ihre Arme vor der Brust, wie Erwachsene es häufig tun, wenn sie mit einem Kind reden. »Wie geht es deinem Kopf?«

»Der ist okay.«

»Ich mache mir Sorgen um dich, Dee. Ich mache mir Sorgen, dass du vielleicht nicht die ganze Wahrheit gesagt hast über das, was heute Nachmittag passiert ist.«

Dees Miene verfinsterte sich. »Ich *habe* die Wahrheit gesagt. Ich bin gestolpert und hingefallen.«

»Bist du dir da sicher?«

»Ja.«

Unter Mrs Dukes langem, durchdringendem Blick presste Dee ihre Lippen zusammen und streckte das Kinn vor. Schließlich wandte sich die Schulleiterin ab. »Gut. Dann werde ich das deiner Mutter berichten«, sagte sie über die Schulter. »Ich rufe sie jetzt an. Und du gehst nach Hause.«

Auf dem Weg durch den Flur schauderte Dee bei der Vorstellung, was ihre Mutter sagen würde, wenn sie wüsste, was heute wirklich geschehen war. An der Tür zum Schulhof blieb sie stehen. Osei stand wartend am Klettergerüst. Sie holte tief Luft und ging hinaus.

*

Nach der Schule ging Ian nur dann direkt nach Hause, wenn es regnete. Er hatte dort nichts zu tun. Seine älteren Brüder kamen erst später zurück und hatten ohnehin kein Interesse daran, etwas mit ihm zu machen. Wenn er rausging, um mit den Kindern aus der Nachbarschaft Verstecken zu spielen oder Baseball-Würfe zu üben, hatten die anderen sofort allerlei Ausreden parat, warum sie gehen mussten – Hausaufgaben, die auf sie warteten, Einkäufe, die sie für ihre Mütter erledigen mussten. Irgendwann war ihm das aufgefallen. Als er dann einmal mit dem Fahrrad durch die Gegend fuhr, hatte er gesehen, dass dieselben Jungs, die vor zehn Minuten den Park verlassen hatten, ihr Softball-Spiel auf einem unbebauten Grundstück ohne ihn fortsetzten. Er hatte sich versteckt, um nicht gesehen zu werden, zu groß war die Demütigung. Aber die Namen der Jungen hatte er im Geist auf eine Liste gesetzt, die er in den folgenden Wochen regelmäßig durchging und sie nacheinander alle bestrafte. Nicht mit den üblichen Schikanen: Geld erpressen, Schmerzen zufügen, beunruhigende Präsenz zeigen. Nein, hier ging er verstohlener und noch bösartiger vor, schlitzte Fahrradreifen auf, tatschte im Gedränge die Schwester an, kippte in der Pause Farbe in ein Pult.

Nach der Schule blieb Ian lieber auf dem Schulhof. Viele Kinder gingen nach Hause, doch für diejenigen, die noch ein bisschen spielen wollten, blieb der Hof eine Stunde lang geöffnet, mit einer Lehrkraft als Aufsicht. Heute war es Miss Lode. Das war gut – sie hatte zu viel Angst vor ihm, um sich einzumischen. Im Moment redete sie mit der Mutter eines jüngeren Schülers. Bald würde sie sich setzen, ein Buch lesen und nur hin und wieder aufschauen.

Ian sah, dass Osei am Klettergerüst stand, einer vier Meter hohen Metallkonstruktion aus Stangen, die zu Würfeln aneinandergeschweißt waren, in denen man nach Belieben herumklettern konnte. Ein paar Schüler waren noch da, doch am Klettergerüst hielt sich niemand auf. Vielleicht mieden sie den Neuen.

Ian ließ sich Zeit. Bloß nicht sofort hinrennen; würdelos wäre das gewesen. Stattdessen verweilte er noch ein bisschen bei den Mädchen, die natürlich schon wieder seilsprangen, diesmal querbeet durch alle Stufen. Mimi war auch dabei; sie drehte für eine Viertklässlerin die Seile, und die anderen sangen dazu:

My mommy told me
If I was goody
That she would buy me
A rubber dolly

My sister told her
I kissed a soldier
Now she won't buy me
That rubber dolly

Gelangweilt ging Ian weiter – das Mädchen, das gerade sprang, war noch so klein, dass es nicht mal Brüste hatte, die hüpfen konnten. Hinter sich hörte er die Mädchen weitersingen:

Now I am dead
And in my grave
And there beside me
A rubber dolly

Ian schlenderte zu einer Gruppe von Jungen, die mit Murmeln spielten, und brachte sich so in Position, dass sein Schatten auf den Kreidekreis fiel. Die Jungen blickten genervt auf, wollten schon protestieren, doch als sie sahen, wessen Schatten es war, schwiegen sie. Ian wartete, bis der Spieler, der gerade an der Reihe war, wie erwartet danebenschnippte, dann setzte er seinen Weg fort.

Er hatte das Klettergerüst noch nicht erreicht, da holte ihn Rod ein, dessen blaues Auge nun mehrere Stunden Zeit gehabt hatte anzuschwellen. Rod ging ihm gewaltig auf die Nerven, die ganze Zeit schon. Hatte dieser Junge keine eigenen Kämpfe auszufechten, keine eigenen Mädchen zu erobern? Hatte er immer noch nicht genug von Ian gelernt, um sein eigenes Ding zu machen? Er war schon zu lange sein Handlanger, Ian zog jetzt den Alleingang vor.

»Mann, ich versteh das nicht«, fing Rod an. Als Ian einfach

weiterging, überholte er ihn und stellte sich ihm in den Weg. Ian musste stehen bleiben. Zorn flammte in ihm auf, doch er riss sich zusammen und schlug Rod nicht mit der flachen Hand gegen die Brust. Rod war unwichtig; es gab einen anderen, für den er sich seine Energien sparen musste.

»Du hast versprochen, dass ich mit Dee gehen würde«, jammerte Rod. »Und jetzt weiß ich nicht mal mehr, wer überhaupt mein Gegner ist – der da oder der?« Er wedelte mit dürrem Arm erst in Oseis Richtung und zeigte dann auf Casper, der von Miss Lode unbemerkt am Turnhalleneingang herumlungerte. Ian lächelte versonnen: Jetzt war Sonnyboy Casper doch tatsächlich auf den Trichter gekommen, Regeln zu brechen. Vom Unterricht ausgeschlossen, sollte er eigentlich zu Hause sein, mit gekürztem Taschengeld unter Hausarrest gestellt von Eltern, die wahrscheinlich nicht den Gürtel benutzten, den er verdient hatte. Stattdessen war er wieder hier und wartete vermutlich auf Blanca. Einmal auf den Geschmack gekommen, konnte er das Regelbrechen anscheinend gar nicht mehr lassen.

»Ich verstehe auch nicht, warum ich mit Casper überhaupt Streit anfangen sollte«, fügte Rod hinzu. »Er geht doch mit Blanca – das sieht doch jeder. Du hast selbst gesehen, wie sie sich in der Pause geküsst haben. Warum wolltest du, dass ich auf ihn losgehe? Der da …« – er zeigte wieder auf Osei, der stirnrunzelnd herübersah – »… der geht doch mit Dee. Und der hat ihr wehgetan! Auf *den* sollte ich losgehen.« Unerschrockenheit demonstrierend, ballte er die Fäuste, was die Angst, mit der er auf seinen Rivalen schielte, allerdings nicht kaschieren konnte. »Wobei … ich weiß nicht … von dem könnte ich wahrscheinlich noch mehr abkriegen als von Casper.«

»Ja, wahrscheinlich«, stimmte Ian zu. »Aber mach dir keine Sorgen, ich glaube, hier wird sich bald einiges ändern. Warte mal ab. Und überlass Osei mir.« Er ging weiter auf das Klettergerüst zu, blieb jedoch, als er merkte, dass Rod ihm folgte, sofort wieder stehen und bremste ihn mit ausgestreckter Hand. »Ich sagte *mir.*« Wie ein verletzt zurückgelassenes Tier sah Rod ihm nach. Ian würde sich etwas ausdenken müssen, um ihn loszuwerden. Morgen. Heute verfolgte er ein anderes Ziel.

Osei hatte ihn beobachtet. Als Ian zum Klettergerüst kam, fragte er: »Und was wollte *der*?«

Ian setzte sich auf eine der Metallstangen und stützte sich zu beiden Seiten mit den Händen ab. »Rod? Der wollte nichts. Der *ist* ein Nichts.«

Oseis Blick folgte Rod, der zum Piratenschiff schlurfte. »Das sah aber gerade nicht so aus, als ob er nichts wollte. Also: Was will der von mir?«

Ian lehnte sich zurück. »Rod mag Dee. Also hat ihn die Eifersucht gepackt – das grünäugige Ungeheuer, wie mein Vater dazu sagt. Und …« Er überlegte kurz, dann beschloss er, den Vorstoß zu wagen. »… Dee mag ihn auch.«

»Was? Den auch?!« Oseis Augen hatten sich geweitet.

Ian lächelte zufrieden. Osei hatte einen Zustand erreicht, in dem er alles glaubte – sogar, dass ein dürrer Loser wie Rod bei Dee auf Interesse stoßen konnte. »Anscheinend hast du dir das falsche Mädchen ausgesucht. Hätte ich dir gleich sagen können.«

Osei verschränkte die Arme vor der Brust und schob sich die Hände unter die Achseln, wie um seinen Zorn in Schach zu halten. »Sie hat *mich* ausgesucht.« Er schwieg. »Sie kommt in einer Minute. Ich wollte ihr eigentlich sagen, dass alles okay ist, dass ich ihr nicht mehr böse bin. Aber ich kann ihr nicht vertrauen, oder?«

Er schaute Ian an, als wartete er auf eine Bestätigung dessen, was wohl offensichtlich war.

Ian gab sie ihm gern: »Das Federmäppchen, erinnerst du dich? Wo hat Casper es her?«

Während Ian diesen Gedanken aussprach, wusste er natürlich, dass die Macht des Mäppchens einzig und allein davon abhing, dass keine Fragen gestellt wurden. Hätten sich Osei oder Dee bei Casper oder Blanca danach erkundigt, wie das Mäppchen in ihre Hände gelangt war, wäre Ian sofort enttarnt worden. Dies war die Schwachstelle seines Plans: die Wahrscheinlichkeit, dass er aufflog. Der Schaden musste sofort angerichtet werden, jetzt – und zwar so tiefgreifend, dass Ians Mitwirken fortan keine Rolle mehr spielen würde.

Just in diesem Moment kam Blanca aus dem Schulgebäude gerannt; sie lief um die Ecke zu Casper, der an der Turnhalle auf sie wartete. Als die beiden sich in die Arme fielen, ließ Blanca ihren Rucksack los, und er landete auf dem Boden. Aus dem offenen Reißverschluss der Vordertasche ragte das Federmäppchen.

»Was hat Dee gesagt, als du sie nach dem Mäppchen gefragt hast?«

»Sie hat gesagt, es wäre bei ihr zu Hause.« Oseis Miene hatte sich verdunkelt.

Ian deutete mit einer Kopfbewegung in die Richtung des Mäppchens. »Warum lügt Dee dich an? Glaubt sie, es wäre egal, weil du es sowieso nicht merkst? Weil du dumm bist?«

Weil du schwarz bist, musste er nicht hinzufügen, darauf war Osei schon allein gekommen. Er sackte in sich zusammen wie eine von der Flut überrollte Sandburg. »Sag das nicht.«

»Ich bin nur ehrlich zu dir. Normalerweise ist Dee ein nettes Mädchen. Ich überlege ja nur, was sie vorhat und warum. Weißt du, Dee ist es nicht gewohnt, Schwarze um sich zu haben. Vielleicht hat sie einfach Lust, dich mal auszuprobieren wie eine neue Eissorte.«

Osei schloss die Augen.

Genug gesagt, dachte Ian, das reicht schon. Und auch das Timing war perfekt.

»Da kommt sie«, sagte er. »Ich lasse euch mal allein.«

*

Wenn Mitschüler in der Vergangenheit etwas gegen Osei gesagt oder getan hatten – ihm Bananen aufs Pult gelegt, wie Affen gejohlt, sich im Flüsterton über seinen fremden Geruch ausgetauscht oder ihn gefragt hatten, ob seine Großeltern noch Sklaven gewesen waren –, konnte er die Schläge mit einer gesunden Portion Distanz so gut abfedern, dass sie nicht wehtaten. Häufig konnte er sie sogar mit einem Lachen abtun, wenn er später Sisi davon erzählte und sich darüber lustig machte, wie dumm und einfallslos die anderen in ihrer Voreingenommenheit waren. »Fällt denen nicht mal was Originelleres ein als immer nur Affen?«, sagte er zu seiner Schwester. »Warum bezeichnen sie mich zur Abwechslung nicht mal als Panther? Panther sind doch sogar noch dunkler als Affen.«

Sisi hatte gelacht. »Na, weil *honkies* vor schwarzen Panthern Angst haben.« Und dabei hatte sie die rechte Faust gereckt.

Mit so offenkundigem, auf Unwissenheit beruhendem Rassismus umzugehen, war vergleichsweise einfach. Die subtileren Angriffe zu verdauen, fiel Osei deutlich schwerer: Kinder, die in der Schule freundlich zu ihm waren, ihn aber nicht zur Geburtstagsparty einluden, obwohl die ganze Klasse kam; Gespräche, die für einen kurzen Moment stockten, wenn er einen Raum betrat; Bemerkungen mit dem Zusatz »Oh, dich betrifft das natürlich nicht, Osei, du bist anders«; Sätze wie »Er ist schwarz, aber intelligent«, begleitet von komplettem Unverständnis, was daran beleidigend sein sollte; die Annahme, dass Osei sportlicher war, weil Schwarze – *ist doch so* – in dem Bereich einfach die Nase vorn hatten wie ja auch im Tanzen und im Begehen von Straftaten; und immer wieder natürlich die Unfähigkeit, Schwarze auseinanderzuhalten, was dazu führte, dass Muhammad Ali mit Joe Frazier verwechselt wurde, Tina Turner mit Aretha Franklin oder Flip Wilson mit Bill Cosby – obwohl sie nicht die geringste Ähnlichkeit hatten.

Im Grunde war Osei gar nicht so wütend auf Dee wie auf sich selbst. Für einen kurzen Moment – einen

Vormittag – hatte er seine Wachsamkeit aufgegeben und sich zu der Vorstellung hinreißen lassen, dass Dee anders war, dass sie ihn um seiner selbst willen mochte und nicht, weil er in ihren Augen etwas verkörperte: fremde, schwarze Exotik, Neuland, das es zu erkunden galt. Als er sie nun über den Schulhof auf sich zukommen sah, pendelten seine Gefühle zwischen Schmerz, Wut und Mitleid hin und her. Wenn er Ians Worte auszublenden versuchte, spürte er aber auch, dass sich positivere Gefühle in ihm regten: Dankbarkeit für ihre Freundlichkeit, körperliche Anziehung, Interesse an ihrem Interesse. Aber wie sollte er über die Sache mit dem Federmäppchen hinwegsehen? Über diese Lüge, die alles verändert hatte? Kaum hatte er sich Dee geöffnet, konnte er ihr nicht mehr vertrauen. Er wünschte sich, Sisi wäre da. »Warum muss es so wehtun, schwarz zu sein?«, hätte er sie gefragt.

»Geh zurück nach Afrika, Brüderchen«, hätte sie geantwortet. »Da ist es normal, schwarz zu sein, und gespottet wird nur über weiße Haut.« Der Gedanke war verlockend. Seine Eltern wären wahrscheinlich begeistert, wenn er sie bitten würde, ihn nach Ghana aufs Internat zu schicken.

»Hey«, sagte Dee und sah ihn zögernd, ein bisschen ängstlich an.

Osei verzog den Mund zu einem unschönen Grinsen. »Wo warst du?«, fragte er in einem herrischen Ton, der eigentlich nicht seinen Gefühlen entsprach.

»Nirgendwo. Ich war nur … Ich habe bei den Fundsachen nach etwas gesucht.« Dee zögerte; sie fühlte sich elend.

»Was hast du denn verloren?«

Ihr Schweigen genügte Osei, er konnte buchstäblich zusehen, wie sie versuchte, sich etwas auszudenken; ihr Gesicht war wie aus Glas. Gleich würde auf die erste Lüge die zweite folgen.

»Ein … einen Pullover. Ich glaube, ich habe ihn neulich beim Seilspringen liegen lassen.«

»Hast du ihn gefunden?«

»Nein.«

»Vielleicht hast du ihn zu Hause gelassen.«

Dee schwieg.

»Bist du dir sicher, dass du nicht nach etwas anderem gesucht hast?«

Sie erstarrte. »Was willst du damit sagen?«

Osei nickte in Blancas und Caspers Richtung. Blanca saß Casper inzwischen auf dem Schoß, die Arme um seinen Hals geschlungen, redete und lachte mit ihm. Osei spürte eine bohrende Eifersucht auf dieses Glück.

»Was ist mit denen?«

»Schau dir mal Blancas Rucksack an.«

Dee kniff die Augen zusammen. »Ich weiß nicht, was ich da sehen soll.«

Wenn man nicht wusste, wonach man Ausschau hielt, war es von dort aus, wo sie standen, tatsächlich schwer zu erkennen. »Kletter mal hoch, von oben kannst du es besser sehen.« Schon zog sich Osei an den Stäben des Klettergerüsts hoch.

Dee zögerte. »Warum sagst du mir nicht einfach, was ich sehen soll?«

»Komm hoch«, beharrte Osei.

Sie sträubte sich immer noch.

»Dee, wenn du nicht hochkommst …«

Langsam und mit großer Vorsicht machte sich Dee an den Aufstieg. Oben angelangt, setzte sie sich auf eine der Metallstangen und hielt sich verkrampft an zwei anderen fest. »In der vierten Klasse war ich mal hier oben und konnte plötzlich nicht mehr vor und zurück. Mr Brabant musste mich runterholen.« Sie schaute Osei an, erst erwartungsvoll und dann, als er nichts sagte, enttäuscht. »Dass ich dir zuliebe hier hochgeklettert bin, ist wirklich etwas Besonderes«, fügte sie hinzu. »Was willst du mir denn zeigen?«

»Da. Schau mal, was aus der Vordertasche von Blancas Rucksack ragt. Hast du vielleicht danach gesucht?«

Lange blickte Dee in die angezeigte Richtung, die

Metallstangen des Gerüsts immer fester umklammernd. »Wie ist es da hingekommen?«, sagte sie schließlich.

»Du hast mir erzählt, du hättest es in der Mittagspause zu Hause vergessen.«

»Das dachte ich.«

»Wirklich?«

Dee seufzte. »Ich wusste nicht, wo es war.«

»Also hast du mich angelogen.«

»Ich … Ich dachte, dass ich es wiederfinden würde – dass ich es irgendwo liegen gelassen hatte und bestimmt noch finden würde. Ich dachte, wenn ich dir sage, dass ich es vermisse, würdest du dich ärgern, und das wollte ich nicht.«

»Deshalb hast du bei den Fundsachen nachgeschaut.«

Dee nickte. »Ich weiß, dass es deiner Schwester gehört hat und dass du es blöd gefunden hättest, wenn ich es verloren hätte. Deshalb habe ich alles versucht, um es wiederzufinden. Dann hättest du gar nicht mitbekommen, dass es mal weg war.«

Einen kurzen Moment lang glaubte ihr Osei. Er wollte ihr glauben; sie wirkte ehrlich, und es schien ihr leidzutun. Dann nahm er aus den Augenwinkeln eine Bewegung wahr – mit den Beinen schlenkernd saßen Ian und Rod nebeneinander auf der Reling des Piratenschiffs.

»Das behauptest du«, beharrte er.

»Das ist die Wahrheit!«

»Und wie ist Blanca dann an das Mäppchen gekommen?«

»Ich habe keine Ahnung. Fragen wir sie doch.«

»Das brauche ich nicht – ich weiß es schon. Sie hat es von Casper, er hat es ihr geschenkt. Du hast also das Federmäppchen meiner Schwester einem anderen Jungen geschenkt.«

»Nein! Warum sollte ich es Casper schenken?«

»Das weiß ich nicht. Warum *solltest* du es Casper schenken?«

Verwirrt, aber auch mit einem Anflug von Groll über diesen billigen Trick, ihre Frage einfach umzudrehen, starrte sie ihn an. Wäre er nicht so zornig gewesen, hätte er sich dafür geschämt.

»Du hintergehst mich, oder? Du gehst mit Casper.«

»Was?!«

»Wahrscheinlich nicht erst seit heute. Wahrscheinlich wissen es alle und finden es extrem lustig, wie du den Schwarzen belügst.« Sein Blick wanderte über den Schulhof, der sich in ein von Feinden wimmelndes Schlachtfeld verwandelt hatte.

»Nein, Osei!«

»Außer Ian hat hier keiner den Anstand, ehrlich zu mir zu sein. *Er* hat mir wenigstens erzählt, was wirklich los ist.«

»Ian? Was hat er …« Die Ungläubigkeit in Dees Gesicht schlug rasch in Gewissheit um. Sie schüttelte den Kopf. »Du solltest nicht unbedingt glauben, was Ian sagt. Ian hat bei allem immer seinen eigenen Vorteil im Blick.«

»Versuch nicht, dich zu verteidigen, indem du andere schlechtmachst.«

»Aber …« Man sah Dee an, wie viel Mühe es sie kostete, sich zusammenzureißen. »Osei, ich bin noch nie mit Casper gegangen«, fing sie behutsam an. »Ich kenne ihn, seit ich denken kann, aber ich empfinde nicht so für ihn, wie ich empfinde … empfunden habe … seit ich dich kenne. Und schau doch –« Sie deutete in Caspers und Blancas Richtung. »Du siehst doch selbst, dass er mit Blanca geht.«

Osei hörte ihr zu, wie sie zwischen Präsens und Vergangenheit ins Stolpern geriet. »Warum hast du dann so oft mit mir über ihn geredet?«, fragte er schließlich.

»Weil er dir ein guter Freund sein könnte. Er könnte dir helfen. Sogar Ian hat gesagt –« Abrupt hielt sie inne.

»Was hat Ian gesagt?«

Anstatt ihm zu antworten, starrte Dee zum Piratenschiff, wo Ian und Rod begonnen hatten, die Murmel spielenden Jungen mit Kieselsteinen zu bewerfen.

Und wieder kochte die Wut in Osei hoch; dass sich Dee mitten in diesem wichtigen Gespräch einfach von ihm abwandte, machte ihn so zornig, dass er sie fast geschüttelt hätte. Doch Dee war schon eine Sprosse tiefer geklettert, und sein ausgestreckter Arm erreichte sie nicht mehr. »Dee!«, fauchte er.

Unbeirrt kletterte sie weiter, und als sie wieder Boden unter den Füßen hatte, marschierte sie mit großen Schritten auf Ian und das Schiff zu.

»Geh nicht weg, Dee!«, schrie er ihr hinterher.

Der Klang seiner Stimme ließ die Jungen von ihren Murmeln aufblicken, und die Mädchen unterbrachen das Seilspringen. Die ganze Aufmerksamkeit galt nun ihm, obwohl er nicht darum gebeten hatte. Aber wenn es nun einmal so war, konnte er es auch ausnutzen: Er musste Dee bestrafen.

»Geh nicht weg!«, wiederholte er mit lauter Stimme. Und dann schickte er ein Wort hinterher, das er zwar kannte, aber nicht geglaubt hatte, dass er es jemals benutzen würde: »Hure!«

Wie ein Donnergrollen hallte das Wort über den Schulhof. Wer bisher noch nicht aufgemerkt hatte, tat es jetzt. Sogar Blanca und Casper unterbrachen ihr Knutschen und blickten sich um.

Dee blieb abrupt stehen, der eine Fuß regungslos hinter dem anderen, der Zopf ein dicker, heller Strich auf ihrem Rücken. Auf dem Schiffsdeck wollte Rod aufspringen, doch Ian hielt ihn zurück.

Am anderen Ende des Schulhofs war Miss Lode das Buch aus der Hand gefallen. »Was habe ich da gehört …?« Sie schien verwirrt und auch etwas verlegen, als sämtliche Kinder sich zu ihr umdrehten und sie ansahen. Sie schluckte, neigte den Kopf und bückte sich nach dem Buch.

»Wisst ihr, dass dieses Mädchen eine Hure ist?«, zischte Osei seinem Publikum zu, den Jungen und Mädchen mit ihren Murmeln und Springseilen, Casper und Blanca, Ian und Rod. Es gab ihm ein Gefühl von Macht, endlich die Art von Aufmerksamkeit zu bekommen, die er bekommen wollte. Wie ein knurrender Wolf zeigte er grinsend seine Eckzähne. »Sie hat gesagt, dass sie das volle Programm mit mir durchzieht«, fuhr er fort. »Nachdem sie's mit Casper ja schon gemacht hat!«

Blanca schnappte hörbar nach Luft und rutschte vom Schoß ihres Freundes, der den Kopf zu schütteln begann.

Langsam drehte sich Dee um und blickte mit großen Augen und offenem Mund hoch zu Osei auf dem Klettergerüst. Sie zitterte. »Warum sagst du das?«, schrie sie schließlich mit ausgebreiteten Armen und geöffneten Handflächen.

Schuldgefühle regten sich in ihm, doch der Drang zu reden, sich endlich Gehör zu verschaffen, war stärker. Was dann aus seinem Mund kam, konnte er sich selbst kaum erklären: »Sie hat sogar meinen Schwanz angefasst, weil sie es unbedingt will. Genauso wie alle weißen Mädchen.«

Die Jungen schrien erst auf und brachen dann in nervöses Gelächter aus. Die Mädchen schnappten kollektiv nach Luft, und Dees Blick schnellte zu ihnen, ihren Kameradinnen. Sie waren sichtlich schockiert, ein paar von ihnen hatten die Hände vor den Mund geschlagen, andere flüsterten miteinander. Irgendwann begannen sie zu kichern – nur Mimi nicht, die den Kopf schüttelte, als wollte sie eine penetrante Fliege verscheuchen.

Und dann war es um Dee geschehen. Mit einem gellenden Schrei drehte sie sich um und rannte schneller davon, als Osei je für möglich gehalten hätte, und ihre Schritte knallten auf dem Asphalt. Das Tor zur Straße aufzubekommen, war nicht leicht, schließlich gelang es ihr, sie stürzte hinaus und schlug es hinter sich zu. Als sie schon fast um die Ecke verschwunden war, sprang Rod vom Piratenschiff und stolperte ihr hinterher. Doch Dees Vorsprung war zu groß, und so kehrte er bald zurück.

Mit Dees Verschwinden änderte sich alles; es war, als hätte sich eine Wolke vor die Sonne geschoben. Sofort überschlugen sich die Stimmen.

»Mein Gott! Erst Casper, dann Dee. Was ist denn heute hier los?«

»Ich kann nicht glauben, dass er das wirklich gesagt hat! Ihr?«

»Ja, schon.«

»Ich nicht!«

»Ich hätte nichts dagegen, wenn sie meinen Schwanz auch mal anfasst.«

»Halt's Maul!«

»Nein, halt du das Maul.«

»Arme Dee!«

»So was würde Dee doch nicht machen. Oder?«

»Ich weiß nicht. Heute Morgen war sie ja auch die ganze Zeit an ihm dran.«

»Und in der Mittagspause hat sie ihn sogar geküsst – habt ihr das gesehen?«

»Und überhaupt, was haben die eigentlich im Sandkasten gemacht?«

»Die hat schon was Nuttiges. Habe ich eigentlich schon immer gedacht.«

»Ja.«

Inmitten der Mädchen stand Mimi und starrte Osei wütend an. Blanca hatte mit vor der Brust verschränkten Armen begonnen, Casper zu beschimpfen. Miss Lode las nicht mehr, sondern stand unsicher in der Gegend herum. Und mitten in dem ganzen Tumult fläzte sich Ian leise lächelnd auf dem Schiffsdeck.

Wie kann ich Sisi das hier jemals erklären?, dachte Osei. Sie hätte diesen Weißen das Richtige zu sagen gewusst. »Black is beautiful«, murmelte er. Noch nie hatte er so sehr daran glauben wollen.

Er wünschte sich, er könnte den Kopf an die Schulter seiner Schwester legen und weinen.

*

Als Mimi Osei anstarrte, hatte sie ein Déjà-vu-Erlebnis, das sonderbare Gefühl, in genau dieser Situation schon einmal gewesen zu sein. Wobei es eigentlich eher das Gefühl eines

Vorwissens war, gepaart mit einer Abkoppelung vom Strom der Realität. Manchmal hatte Mimi solche Déjà-vus mehrmals am Tag, und inzwischen schien es fast so, als wäre ihr Leben nur noch eine mit Realitätsfetzen durchsetzte Abfolge von Träumen. Sie hatte tatsächlich den Eindruck, dass sie Dees Demütigung schon einmal erlebt und den Neuen schon einmal in dieser unangebrachten Siegerpose auf dem Klettergerüst hatte stehen sehen – was natürlich nicht der Fall war. Noch nie war Dee gedemütigt worden, noch nie hatte Osei triumphiert.

Sie rieb sich übers Gesicht, um das Bild zu verwischen, und ging zum Klettergerüst. Aus den Augenwinkeln registrierte sie, dass Ian Anstalten machte, vom Piratenschiff zu klettern, und wusste, dass ihr nicht viel Zeit blieb.

»Warum lügst du, Osei?«, rief sie zu ihm hoch. »Du weißt genau, dass das nicht stimmt.«

Osei blickte zu ihr herab wie ein frisch gekrönter König von seinem Thron. »Ich weiß, was ich weiß«, antwortete er. »Ich habe Beweise.«

»Was für Beweise? Die müssen aber gut sein, wenn du so etwas über Dee verbreitest.«

»Komm hoch, dann kannst du es mit eigenen Augen sehen.« Osei deutete auf die Turnhalle.

Mimi runzelte die Stirn. Sie fragte sich, was er damit meinte, und hatte plötzlich ein bisschen Angst, er könnte doch recht haben. Das hätte sie nicht ertragen. Mimi und Dee waren schon so gut wie immer beste Freundinnen gewesen; es war eine schreckliche Vorstellung, erfahren zu müssen, dass sie ihre Freundin so schlecht kannte.

Aus Neugier und auch, weil Ian auf sie zusteuerte, kletterte sie dennoch los. Gerade als Mimi – noch keine zwei Meter vom Boden entfernt – Osei fragte, wonach sie eigentlich schauen sollte, spürte sie, wie ihr Knöchel gepackt und so fest daran gezogen wurde, dass sie den Halt verlor. Sie war nur kurz in der Luft. Als ihr Genick auf den Asphalt schlug, war der Schmerz, der ihren ganzen Körper durchfuhr, so groß, dass sie den Aufprall ihres Kopfes nicht mehr spürte. Sie sah Sterne, die wie Kaulquappen vor ihren Augen wimmelten, und für einen Augenblick verlor sie das Bewusstsein.

Als Mimi wieder zu sich kam, tat ihr der Kopf weh, schlimmer als jede Migräne. Regungslos und flach atmend lag sie da. Der Schmerz war so heftig, dass sie weder schreien noch weinen, sondern nur hoffen konnte, dass er wie ein Strom durch sie hindurchfließen und wieder verebben würde. Dann öffnete sie die Augen. Mit versteinertem Gesicht stand Ian über ihr und schüttelte unmerklich den Kopf; eine Geste, die nur für sie gedacht war. Über ihm schwebte wie ein dunkler Mond das besorgte Gesicht von Osei, oben auf dem Klettergerüst. »Ist alles in Ordnung, Mimi?«, rief er.

Plötzlich stieß Blanca Ian zur Seite und kniete sich neben die Freundin; dabei rutschte ihr der Rucksack von der Schulter und landete neben Mimis Kopf. »Oh, mein Gott!«, schrie sie, die Hände um Mimis Wangen gelegt. »Bist du tot?« Fast im selben Moment gab Casper Ian einen Stoß. »Warum zum Teufel hast du das gemacht?«, brüllte er.

Mimis Blick wanderte zum Rucksack und dem Erdbeermäppchen, das aus der Vordertasche ragte. Das Summen in ihrem Kopf und die Schreie um sie herum blendete sie aus, um sich auf die Erdbeeren zu konzentrieren, so nah an ihrem Gesicht. Sie war froh, sie zu sehen. Sie waren nicht da, wo sie hingehörten, aber Mimi wusste nicht mehr, wo das war. Für einen kurzen Moment schloss sie wieder die Augen, um nachzudenken.

»Sie ist tot!«, hörte sie Blanca kreischen. »Sie stirbt! Hier, unter meinen Händen!« Mimi schlug nicht die Augen auf, um alle zu beruhigen und Blanca zum Schweigen zu bringen, sondern lag weiter im Dunklen und ließ die Wellen des Schmerzes über sich hinwegrollen.

Dann hörte sie die Stimme von Miss Lode; sie schrie die Kinder an, dass sie zurücktreten sollten, wurde aber von den beiden streitenden Jungen übertönt.

»Wie konntest du!« brüllte Casper. »Sieh dir das an, du hast Mimi schwer verletzt!«

»Pfoten weg, du Arschloch!«, gab Ian zurück. »Willst du hier die Polizei spielen, oder was? Und sei du lieber still: Rods blaues Auge wird gerade grün.«

»Wir haben alle gesehen, dass du Mimi runtergerissen hast, Mann! Du kriegst einen Riesenärger!«

»Noch mehr Ärger als du? Bist du nicht vom Unterricht ausgeschlossen? Nur zur Erinnerung, suspendierte Schüler dürfen das Schulgelände nicht betreten. Du hast gar kein Recht, hier zu sein. Wenn die Lehrer dich sehen, schmeißen sie dich von der Schule. Du bist geliefert, Amigo, also tu uns allen den Gefallen und verpiss dich.«

Zorn. Verachtung. Angst. Arglist. Mit geschlossenen Augen war Mimis Hörsinn so geschärft, dass sie alle Nuancen in Ians Stimme hören konnte, als er versuchte, die Aufmerksamkeit auf Casper zu lenken. Und er, der niemals fluchte, tat es nun. Warum bin ich nur mit ihm gegangen, dachte sie. Nie hatte es ein Paar gegeben, das schlechter zusammenpasste.

»Hört auf damit, ihr beiden! Blanca, geh zur Seite!« Miss Lode kniete sich auf den Asphalt und tätschelte ihre Wange.

Mimis Augen flogen auf. »Sie lebt!«, rief Blanca.

»Wie fühlst du dich, Mimi? Tut dir irgendetwas weh?«

»Mein Kopf tut weh, und sonst spüre ich gar nichts.« Mimi versuchte, die Beine zu bewegen, konnte aber nicht sagen, ob es ihr gelang. Ihr ganzer Körper fühlte sich starr an.

»Rod, lauf los und sag Mrs Duke, dass sie einen Krankenwagen rufen soll.«

Miss Lode sprach mit ruhiger Stimme, doch Mimi spürte ihre Panik. »Wo ist Richard? Er wüsste, was wir jetzt machen sollen!«

Anstatt loszurennen, blickte Rod fassungslos auf Mimi herab.

»Beeil dich, bitte!« Miss Lode wurde lauter. »Los! Und du, Blanca, lauf und such Mr Brabant. Er soll sofort kommen.«

Blanca und Rod rissen sich zusammen und rannten zum Schulgebäude.

Die flimmernde Aura, die Mimi an diesem Vormittag gesehen hatte, war wieder da, und sie wusste, dass Kopfschmerzen im Anmarsch waren, die alles übertrafen, was sie je erlebt hatte. Sie richtete ihren Blick auf Osei, der regungslos auf dem Klettergerüst kauerte. Er sah schrecklich aus, ein seltsames Grau hatte sich auf seine dunkle Haut gelegt. Mimi hatte nicht gewusst, dass Schwarze auch blass werden konnten.

Der König des Spielplatzes, hoch oben auf seinem Thron, dachte sie. Aber der König ist unglücklich.

»Osei«, rief sie, so laut sie konnte. »Wolltest du mir das zeigen?« Mimi verdrehte die Augen in Richtung Mäppchen, obwohl es wehtat.

Osei nickte.

»Mimi, ich glaube, es ist besser, wenn du nicht sprichst«, schaltete sich Miss Lode ein. »Bleib einfach ruhig liegen.« Wieder hob die Lehrerin ihre Stimme. »Und ihr anderen geht nach Hause! Casper, was machst du eigentlich hier? Du bist doch vom Unterricht ausgeschlossen!«

Aber niemand beachtete sie.

»Wo hat Blanca das Mäppchen deiner Meinung nach her?«, sagte Mimi.

Osei runzelte die Stirn. »Casper hat es ihr geschenkt, nachdem er es von Dee bekommen hat. Dee geht auch mit ihm. Die gehen beide fremd.«

Casper schüttelte den Kopf. »Nein, Mann, ich weiß nicht, was du da redest. Ich gehe nicht mit Dee. Noch nie. Blanca hat das mit dem Mäppchen eben auch schon gesagt und wollte nichts davon hören, dass ich es ihr nicht geschenkt habe.«

Auch Ian schüttelte nun den Kopf. Er sah Mimi an. »Wehe«, formten seine Lippen.

Mimi ignorierte ihn. Was konnte er ihr jetzt noch antun? »Hör zu, Osei: Wetten, dass Blanca das Mäppchen von Ian hat? Und dass er ihr gesagt hat, es wäre von Casper?«

Miss Lodes Blick wanderte zwischen Mimi, Osei und Ian hin und her. »Was redet ihr da? Was hat das zu bedeuten?«, fragte sie.

Osei starrte zu Mimi. »Woher weißt du das?«

»Weil *ich* es Ian gegeben habe. Es ist Dee aus der Tasche gerutscht, und anstatt es ihr wiederzugeben, habe ich es Ian gegeben.«

»Aber warum? Warum hast du das getan?«

»Willst du wissen, was Mimi wirklich gemacht hat?«, ging Ian dazwischen. »Die ist ein richtiges kleines Miststück.«

»Ian! Wie redest du! Hört sofort auf damit, hört alle auf! Wo bleibt Richard nur? Und wo ist Mrs Duke? Ich weiß nicht mehr, was ich tun soll!« Miss Lode brach in Tränen aus.

»Ich habe Ian das Mäppchen gegeben, weil er es haben wollte.« Mimi sprach nur noch zu Osei. »So konnte ich ihn dazu bringen, dass er mit mir Schluss macht. Sonst hätte er mich weiter in seiner Gewalt gehabt, und das habe ich nicht ausgehalten. Es tut mir leid«, fügte sie hinzu. »Ich wusste nicht, dass er es gegen dich verwenden würde.« Was nicht ganz der Wahrheit entsprach. Als sie Ian das Mäppchen gab, war ihr schon klar gewesen, dass er damit nur Böses im Schilde führen konnte.

Osei starrte sie an. Kann ich nicht einmal dir vertrauen?, schien sein Blick zu sagen.

Von Reue überwältigt, blinzelte Mimi eine Träne weg. Sie hatte eine Rolle gespielt, die nicht zu ihr passte, doch damit würde sie leben müssen.

Oseis Aufmerksamkeit richtete sich nun auf Ian. »Warum hast du das getan?«

»Weil ich's kann.«

Miss Lode hatte dem Gespräch gelauscht wie einer Rechenaufgabe, aus der sie nicht schlau wurde. »Wer ist schuld, Mimi?«, flüsterte sie.

»Ian«, erwiderte Mimi. »Ian, ganz allein.«

Miss Lode holte tief Luft, rieb sich die Augen und stand auf. »Ian, was hast du zu deiner Verteidigung zu sagen?«

»Nichts. Ich habe nichts zu sagen.« Ian presste die Lippen zusammen, um deutlich zu machen, dass er dem nichts hinzufügen würde. Er erinnerte Mimi an einen kleinen Jungen, der auf frischer Tat bei etwas Verbotenem ertappt worden war. Ein Lausekerl, dachte sie schläfrig. Und jetzt kneift er die Augen zu und glaubt, wenn er nichts sieht, kann er vielleicht auch nicht gesehen werden. Er hatte begonnen, langsam zurückzuweichen, sein Blick schnellte hin und her, als suchte er nach einem Fluchtweg.

Schwere Erwachsenenschritte näherten sich. »Was in Gottes Namen ist hier los?«, hörte Mimi Mr Brabant sagen, bevor sie ihn sehen konnte. »Wo ist Dee?«

»Sie ist nach Hause gegangen«, antwortete Casper. »Glaube ich.«

»Ist alles in Ordnung mit ihr?«

»Ich denke.«

»Was soll das heißen, ›ich denke‹?«

Casper schwieg.

Als Mr Brabant schließlich in Mimis Blickfeld kam, hatte sie noch nie ein so hasserfülltes Gesicht gesehen. Nur kurz traf sein Blick sie, die am Boden lag; schon richtete sich sein geballter Zorn nach oben. »Osei, was hast du mit Mimi gemacht? Komm sofort runter! Ich hatte dich gewarnt!«

Seine Worte hatten keinerlei Wirkung auf Osei: In Kauerstellung blieb er sitzen und sah seinen Lehrer vom Klettergerüst herab ausdruckslos an.

In der Ferne war ein Martinshorn zu hören.

»Richard, ich glaube nicht –«

»Hast du mich gehört?« Mr Brabant schäumte vor Wut. »Komm da runter, Nigger!«

Mimis Kopf, der einzige Körperteil, den sie noch bewegen konnte, zuckte hoch. Die Eltern hatten ihr beigebracht, dieses Wort niemals zu benutzen. Auf gar keinen Fall. Man durfte es nicht einmal denken.

Stumm standen die übrigen Schüler da, starr vor Schreck – bis auf Ian, der sich unauffällig immer weiter vom Schauplatz des Geschehens entfernte.

»Aufhören!«, schrie Miss Lode. Sie war knallrot geworden. Erst dachte Mimi, Ian sei damit gemeint, doch ihre Lehrerin war noch nicht fertig: »Hören Sie sofort damit auf! Nicht diese Sprache, Richard! Unterlassen Sie das!«

Mr Brabant war nicht anzumerken, ob er sie gehört hatte. Wütend starrte er weiter zu Osei hoch, der sich aufgerichtet hatte und nun gefährlich schwankend auf den obersten Stangen des Klettergerüsts stand. Sein Blick wanderte über den Schulhof. Dann fixierte er Mr Brabant und streckte immer noch schwankend und mit wildem Blick seine geschlossene Faust senkrecht nach oben. Mimi hatte diese Geste schon einmal gesehen, auf irgendeinem Foto.

»Wissen Sie was?«, sagte er nicht laut, aber in schneidendem Ton. »Black *is* beautiful!«

»Osei, komm jetzt bitte herunter.« Mrs Dukes ruhige, energische Stimme kam von hinten, begleitet von ihrem süßlichen Parfüm. Sehen konnte Mimi sie nicht. »Ich glaube, wir haben für heute genug Dramen erlebt.«

Osei sah sie an. »Sie wollen, dass ich runterkomme?«, fragte er in ebenso ruhigem Ton.

»Ja, bitte.«

Sein Blick richtete sich wieder auf Mr Brabant. »Wollen Sie auch, dass ich runterkomme?« Diese Frage hatte er ein bisschen lauter gestellt.

Zornig starrte Mr Brabant zurück und nickte.

»Gut. Dann komme ich jetzt runter.« Mit gereckter Faust begann er, immer gefährlicher zu schwanken. Tat er das absichtlich? Mimi war sich nicht sicher.

»Hör auf damit!«, donnerte Mr Brabant, obwohl ihm inzwischen klar geworden sein musste, dass er machtlos war.

Tu's nicht, schau mich an!, hätte Mimi gern hinzugefügt. Denn sie konnte ihre Beine nicht mehr bewegen. Sicher war dies ihr letzter Tag auf diesem Schulhof. Und Ian? Casper hatte ihn an den Armen gepackt und hielt ihn fest. Ian würde vom Unterricht ausgeschlossen werden, wenn nicht gar Schlimmeres. Und Dee? Ob sie nach allem, was in ihrem Namen gesagt und getan worden war, jemals zurückkommen würde?

Nur Osei war jetzt noch übrig, der König, schwankend auf seinem Thron. Er würde sich entscheiden müssen. Hatte sich entschieden, wie Mimi erkannte. Unmittelbar vor dem Sturz hörte sie Miss Lodes Schrei: »Nicht, Osei!« Und dann sank die Dunkelheit wie ein Vorhang auf Mimi herab, und alles wurde schwarz.

Natur! Natur! Nichts so Natur als Shakespeares Menschen.

Johann Wolfgang von Goethe, »Zum Schäkespears Tag«

Von Herder und Goethe bis Dietrich Schwanitz und Matthias Lilienthal – Deutschland war und ist Shakespeareland. Seit Jahrhunderten werden bei uns und auf der ganzen Welt Shakespeares Werke aufgeführt, gelesen und geliebt. Jede Generation interpretiert und adaptiert sie neu, sei es auf der Bühne, als Film, Oper, Musical, Graphic Novel oder Roman. Sie sprechen unsere tiefsten und universellsten Emotionen an und sind heute noch genauso wirkungsmächtig wie zur Zeit ihrer Entstehung.

The Hogarth Press wurde 1917 von Virginia und Leonard Woolf gegründet, um hier die besten zeitgenössischen Werke zu versammeln. In dieser Tradition bietet das Hogarth Shakespeare Projekt international bekannten und erfolgreichen Autoren die Möglichkeit, ihre ganz persönliche Neuerzählung eines Werkes von William Shakespeare zu präsentieren. Die Romane werden in über zwanzig Ländern erscheinen. In Deutschland ist der Knaus Verlag Partner des Projekts, das hier zum 400. Todestag des Barden im April 2016 startete.

Margaret Atwood, *Der Sturm*
Tracy Chevalier, *Othello*
Gillian Flynn, *Hamlet*
Howard Jacobson, *Der Kaufmann von Venedig*
Jo Nesbø, *Macbeth*
Edward St Aubyn, *König Lear*
Anne Tyler, *Der Widerspenstigen Zähmung*
Jeanette Winterson, *Das Wintermärchen*